살짜쿵 책방러

살짜쿵 책방러

초판 1쇄 발행 2023년 12월 7일
　　2쇄 발행 2024년 11월 15일

지은이 강현욱
펴낸이 강수걸
편집 이소영 강나래 오해은 이선화 이혜정 김효진 방혜빈
디자인 권문경 조은비
펴낸곳 산지니
등록 2005년 2월 7일 제333-3370000251002005000001호
주소 부산시 해운대구 수영강변대로 140 BCC 626호
전화 051-504-7070 | 팩스 051-507-7543
홈페이지 www.sanzinibook.com
전자우편 sanzini@sanzinibook.com
블로그 sanzinibook.tistory.com

ISBN 979-11-6861-220-4 03810

살짜쿵

책방러

강현욱 지음

펜 들고 삽 들고
삶과 책방을
그립니다

산지니

그해 봄은, 다시 살라 하였다

그해 봄은, 저에게 다시 살라 했습니다.

저는 몇 년 전 이혼을 했고, 30대 후반의 언저리에서 갑작스럽게 무성히 자라나 버린 밤의 불안을 안고서, 낮의 우울을 살아가던 사람이었습니다. 어쩌면, 참으로 처연해 보였을 듯합니다.

하지만 몇 해 전의 봄은 제 발끝 아래에 한 장한 장 꽃잎을 떨구며 저에게 다시 살라 말해 주었습니다. 까만 밤을 채우던 소주병들을 치워 버리고, 책을 읽고, 글을 쓰고, 흙을 갈았습니다. 그러한 날들 속에서 조금은 울기도 했지만, 자주 웃을수 있었습니다. 길을 잃은 줄 알았는데, 자연을 집삼아 문장을 벗 삼아 제 안의 길을 걸으며 진정으로 좋아하는 것들을 탐구하다 보니, 깊은 밤 호수의 달빛 기둥처럼 환하게 빛나는 출간의 기회도쥐어 보게 되었습니다.

글을 쓰고, 나무를 가꾸며, 꽃을 피우는 일들은 타인의 시선에는 조금은 보잘것없고, 돈으로 환산하지도 못하는, 그저 쓸모없는 일로 보일지도 모르겠습니다. 하지만 타인과의 평행선을 지키려 다른 이들의 시선을 신경 쓰며 달려온 저의 지난날을 뒤돌아 살펴보니 무엇 하나 온전한 것도 어느 것 하나 제가 이루어 낸 것도 없었습니다. 그렇기에 저에게 남아 있는 나날만큼은 평안과 행복을 주는 그냥 그 자체로도 좋은 것들과 침묵으로 대화하며, 묵묵히 걸음을 옮기고 싶습니다.

그리고 그들은 지금, 저의 삶을 복숭앗빛으로 물들여 주고 있습니다.

저의 시골 서재에는 작물과 나무 그리고 들꽃과 들풀들이 한데 어우러져 자랍니다. 개성 넘치는 구성원들 탓에 전문 농사꾼인 동네 할아버지들의 잔소리를 간혹 듣기도 하지만, 고슬고슬하게 흩어지는 까만 흙을 만지며, 자연이 너그럽게 내어 주는 위로와 기쁨의 언어들에서 결국 저는, 저를 용서하고 사랑할 수 있었습니다. 꿈은 나이와는 상관없이 피어났고, 사랑을 거름 삼아 찾아 왔습니다.

저를 사랑하게 되자, 사라져 버린 꿈을 다시 품어 볼 수 있게 되었고, '글 쓰는 동네책방 할아버지'라는 꿈은 오늘도 저를 앞으로 나아가게 합니다. 자연과 문장들이 저를 일으켜 세웠고, 다시 태어난 꿈이 저를 걷게 했습니다. 하얀 달빛에 수줍은 듯 은빛으로 물들어 버린 시골 서재에서, 저는 퇴근 후 작물들을 가꾸며 나무들을 어루만집니다. 쏟아져 내리는 별빛과 달빛 아래에서 농사짓고, 글 쓰는 일은 참으로 호사스럽고 황홀합니다.

자연과 문장이 주는 침묵의 말은 저의 속뜰에 고요함을 흐르게 했고, 강물 같은 단단함이 생겨나게 했으며, 언젠가 바다에 도달할 수 있다는 스스로에 대한 확신을 잉태하게 했습니다. 묵묵히 조금씩 발걸음을 떼어 내다 보면, 언젠가 저는 '시골 책방의 글 쓰는 귀여운 할아버지'가 되어 있을 것입니다.

제 시골 서재가 언젠가 누군가에게 고요한 안식을 줄 수 있도록 곳곳에서 희망을 띄워 올리는

살짜쿵 책방러

동네책방들을 찾아다니며, 그들의 삶을 살며시 만져 보고, 곁에 두려 합니다.

그 여정의 첫 기록을 당신들과 함께하고 싶습니다.

그해 봄은 저에게, 그리고 당신들에게 다시 살라 말해 주었습니다.

우리 이제, 그만 울면 좋겠습니다.

2023년 11월,
시골 서재에서 강현욱

차례

1장

자연, 책 읽기, 글쓰기, 나를 살린 것들

하얀 쌀밥이 주는 위로

쌀밥 한술에 대낮의 서글픔이
물러나기도 했다.

'달과 벗 그리고 글, 밭.'

시골 서재의 이름은 내가 사랑하는 것들을 가
만히 모아서 지은 것이다. 까만 밤, 무엇 하나 보
이지 않아 의지가지없이 흔들릴 때면 번져 가는
하얀 달빛이 내가 서 있는 자리를 동그랗게 밝혀
주었고, 나를 인도해 주었다.

간혹 찾아오는 친구들, 그리고 좋은 사람들과
의 대화와 식사는 기쁨과 충만함이 깃든 추억을
만들어 우리의 삶에 마들렌과 홍차에 담아낸 회
상 한 조각을 띄워 주곤 했다.

책을 읽고, 글을 쓰는 일은 나의 영혼을 달래
고 씻기는 일인 것만 같았다. 글은 살아감에 있어
나에게 가장 든든한 벗이며, 나의 부족한 삶과 숱
한 번뇌들을 타인들도 견뎌 내고 있음을 알려 주

고, 그들의 눈으로 삶을 응시할 수 있게 해 주었다. 영혼을 가다듬고, 확장할 수 있는 가장 고귀하고도 간결한 방법이 책을 읽는 일과 글을 쓰는 일인지도 모르겠다.

또한 매 순간 나고 지기를 끊임없이 반복하는 자연의 역동적인 생명력과 침묵 속에 스며 있는 너그러움, 그리고 풍요로움은 나에겐 경전이었다.

이런 시골 서재에서 보내는 공간들은 언제나 시간을 빠르게 물러가게 했고 반짝이는 순간들만을 나의 세포 하나하나에 아낌없이 각인시켜 주었다. 서재를 찾아오는 이들에게도 영원히 휘발되지 않을 경전을 읽어 주고 싶었다.

오랜만에 사랑하는 친구가 찾아왔다.

"초봄인데도 많이 자라네?!"
"겨울을 이겨 낸 애들이야. 기특하지."

그랬다. 비록 영하의 온도였지만, 나의 서재에는 생명이 싹을 틔웠고 추위를 견뎌 내며 나와 함께 겨울을 넘고 있었다. 얼어붙어 가는 계절 속에서 서로의 온기를 나누며, 딸기는 붉게 잎사귀를 물들였고, 시금치는 정답게 소곤거렸다. 그저 살아 내겠다는 안간힘 하나로 중력을 거스르던 마늘의 싹은 어딘지 모르게 구도자를 닮은 듯했다. 묵묵히 쓰라린 시절을 견뎌 내는 그들은 삶을 닮아 있었다. 날카로운 바람과 영하의 온도에도 서로에게 어깨동무한 그들은 빛 내린 대낮을 향해 손을 뻗고서, 난폭한 겨울의 권세를 견뎌 냈다.

우리는 그렇게 겨울에 서서 봄을 기대하며 설렐 수 있었다. 언젠가 이곳에 놓여질 나의 책방에도 살아 내려는 오직 단 하나의 소명을 향한 피조물들이 가득할 것이고, 찾아오는 이들에게 그들은 그저 살아 내라 말해 줄 것이다.

책은 우리를 타자에게로 인도하는 길이란다. 그리고 나 자신보다 더 나와 가까운 타자는 없기 때문에 나 자신과 만나기 위해 책을 읽는 거야. 그러니까 책을 읽는다는 건, 하나의 타자인 자기 자신을 향해 가는 행위와도 같은 거지. 설령 그저 심심해서 시간을 때우기 위해 책을 읽는다 해도 마찬가지란다.

- 마르크 로제, 『그레구아르와 책방 할아버지』 중

"밥이나 먹자. 너는 시금치 좀 캐 봐. 나는 곰취랑, 곤드레 잎 좀 딸게."

"시금치가 어디 있는 건데? 먹어 보기만 했지, 살아 있는 건 본 적이 없었네."

봄볕이 연일 찬란해서 한참을 바쁘게 보냈다. 어느새 시골에서 세 번째 맞이하는 봄이었지만, 여전히 서투르고 어설프게 시골의 사계를 시작했다. 그래도 조금은 여유롭게 목련이며, 매화꽃이며, 지금은 복사꽃을 보며 황홀해하고는 있지만, 농부의 봄은 어찌할 수 없는 봄인 듯했다.

겨우내 사나운 추위를 잘 견뎌 준 시금치를 수확하고, 고슬고슬한 흙에 거름과 비료들을 흩뿌려 주며, 모종들과 나무 두 그루를 더 심었다. 작년에는 가꿔 보지 못했던 도톰한 호박 씨앗도 잘 추려서 흙으로 보냈다.

계절과 계절의 사이를 온몸으로 건너오던 세월을 지나 이제는 자연이 내어 주는 건강함을 나와 누군가에게 선물할 수 있는 여유가 조금은 생긴 듯했다. '포용과 해독, 그리고 사랑의 용기'라는 꽃말을 가진 호박잎에 쌀밥 한술 얹어 침묵의 문장들을 써 내려가며 맛과 문장들을 삼킬 수 있는 서재라면, 누군가에게 모래알만 하더라도 위로와 위안을 전할 수 있을 것만 같았다. 훗날 서재를 대신한 책방에서 누군가에게 곤드레밥을 내어 주는 책방 할아버지가 된 내 모습을 상상하니 흘러가는 세월이 그리 서운하지 않았다.

곰취를 뜯어 맑은 물에 씻기고 우리며 찌는 동안, 친구는 평상에 앉아 캐어낸 시금치를 다듬었다. 짧은 시간이지만 그는 몰입하는 듯했다. 사는 일이 그리 어려운 것만은 아닌 것 같았다.

'시험 준비는 잘 되어 가? 제수씨는 일은 할 만하대?'

툭 하고 처절하게 떨어져 내린 백목련의 꽃잎처럼 차마 하지 못한 누군가의 말들이 고개를 들고서 나를 빤히 바라보는 듯했다. 시들어 버릴 줄을 알고서 저리도 활짝 피어났다 져 버린 것이 아니듯, 기어이 백목련처럼 떨어져 내리겠다고 결심하였을 누군가의 진심 하나 들어주며, 몸과 마음을 채워 줄 수 있는 곳.

내가 일구고 싶은 책방이었고, '시골책밥'이라

불러 보려 한다.

　이른 퇴직으로 일자리를 찾아 헤매며 격정의 시간을 보내다, 지금은 공무원 시험을 준비하는 친구의 속뜰을 이 서재가 봄 내음으로 채워 주어 그의 가슴팍에 박혀 있을 서러움이 조금은 사그라들기를 바랐다. 자연과 글, 그리고 밥이 있는 곳이라면 나의 남아 있는 나날이 온전할 것 같다는 기대를 가져 볼 수 있었다. 그리고 이런 기대감을 내 친구를 포함한 많은 이들이 조금이라도 얻어 갈 수 있길 소망해 본다.

　불완전한 우리는 수많은 인연의 실타래를 엮으며, 웃기도 하고 때로는 울기도 한다. 수도 없이 실타래는 흔들리고 꼬여 가며 또 그만큼을 부여잡고 풀어내려 애쓰느라 때때로 슬프지만, 그런 마음들을 우리는 '정(情)'이라고 부르는지도 모르겠다. '정'. 마음이 푸른 상태를 정이라 한다면, 수시로 삶에 찾아드는 냉혹한 추위를 서로의 온기에 기대어 견뎌 내는 일을 정이라 불러야 할 듯했다. 인연의 실타래 속에서 성냥처럼 빛을 밝히는 작은 정이라는 한 가닥의 노란 실이, 어쩌면 차가운 슬픔의 순간을 밀어내는 것인지도 모르겠다.

비록 작고, 순간뿐일지라도 그것조차 없는 인연보다는 포악한 삶을 견뎌 내기에 훨씬 푸르리라고 자그마하게 적어 보았다.

채울 수 없는 결핍을 안고 태어난 우리가 서로의 주변을 서성이면서 조금은, 아주 조금은 서로를 응원해 주고 가끔은 지탱해 줄 수 있다면, 아마도 우리 앞에 놓인 냉랭하기만 한 생(生)이 조금은 더 살아볼 만하겠다고 혼자 소리 내어 읽어 보았다.

'시골책밥'은 정이 고팠다.

"너 정말 책방하려구? 꿈이 있어 좋겠다."

나에겐 투박하지만, 소중한 꿈이 있었다.

'시골책밥'은 종이책을 좋아하는 천연기념물 같은 사람들뿐만 아니라, 슬픔, 상실, 좌절. 이런 말들을 품고 살아가는 대부분의 불완전한 사람들이 해질녘 잠시 들러 복숭앗빛으로 번져 가는 고요의 풍경 속에서 책을 읽고, 자연이 내어 주는 날것의 향기로 허기진 배를 채우는 책방이길 바랐다. 햇살이 간지러워 반짝거리는 책의 입자들이 떠다닐 책방에는 삶과 사랑의 사이에서 건져 올린 소설과 수필, 신의 언어로 노래한 듯 아름다운 시집, 어릴 적 추억을 소환해 잠시나마 뾰족한 현실에서 벗어나게 해 줄 동그란 그림책이 있을 것이다. 이런 책들을 들고 자작나무 아래에서 펼쳐 보다 가끔 개구리와 눈이 마주치기도 하는 책방을 꿈꾸었다. 책을 읽으며 자연과 노닐다가 배가 고프면 봄에는 쑥국과 냉이된장국이, 여름에는 오이냉국이, 가을에는 배추 콩나물국이, 겨울에는 시래기 된장국이 준비된 단출한 시골밥상으로 허기진 몸과 마음을 달래고, 밥상에서 책방지기의 콩알만 한 정이라도 느낄 수 있다면 더할 나위 없을 듯했다. 그런 정이 있는 곳. 내가 바라는 책방의 모습이었다.

작은 한숨 한번 내뱉기에도 힘들었을 누군가의 하루를 모두 이해할 수는 없을 테지만, 책이나 보고 밥이나 먹고 가라고 말해 주고 싶었다. '시골책밥'은 어쩌면 치열하게 살아오며, 잊고 있었던 우리 각자의 마음 안에 이미 자리하고 있는 곳인지도 모르겠다. 시골이 내어 줄 수 있는 향긋한 밥상들을 어설프게 배우고 이에 대한 글을 쓰며,

아픈 배를 만져 주던 엄마의 손길이 떠오르기도 했다.

　쌀 두 홉을 씻어 밥솥에 안치고, 친구가 밭에서 가져온 연둣빛 시금치를 참기름에 무쳐 보려 맑은 물에 씻었다. 시금치를 씻고서, 글을 쓰고 좋은 사람들을 만나며 지금보다는 조금은 더 나은 사람이 되어 있을 '시골의 글 쓰는 책방 할아버지'를 그려 본다.

　"꿈은 꾸는데, 아직 갈 길이 머네."

　해야 할 일도, 배워야 할 것도 아직 많다. 찾아오는 이들의 마음에 조금은 더 마음을 보탤 수 있도록 심리학 대학원을 다니려 계획했는데, 갑작스러운 원고 의뢰로 조금 미루게 되었다. 그래도 내년 즈음에는 밤 공부를 시작해 볼 수 있을 듯했다. 틈틈이 요리를 배우고, 산나물과 약초도 탐구하며, 글을 써 보고 싶다. 무엇보다도 책을 읽으며, 글을 쓰는 일은 생이 점멸하는 날까지, 기억이 소멸하는 날까지도 곁에 두고 지속해야 할 일인 듯하다. 그리고 끝끝내 가닿을 수 없을지도 모르겠지만, 자연과 함께 부드럽게 사랑하며 살고 싶다.

악력을 비집고 흘러내리는 심장에 찍힌 그리움들과 차마 찍어내지 못한 기다림들로 시작한 마침표가 어디를 향하고 있는 걸까. 결국 나는 무엇을 사랑하며 별을 쫓아다니는 걸까. 이러한 질문들에 나는 여전히 대답할 재간이 없지만, 어쩌면 물음들에 대하여 지루하리만큼 고민하며, 지칠 만큼 써 내려가야 하는 것이 삶인지도 모르겠다고, 끄적여 보았다. 분명히 아는 건 비록 현실이 가난하더라도 누군가의 마음에 마음을 보태는 일을 하며 마침표를 찾아가고 싶다는 것이다. 영혼을 긁혀 버린 이들이 위로와 위안을 받으며, 하얀 쌀밥에 따뜻한 미역국 한 그릇 먹고 갈 수 있는 공간은 어쩌면 내가 바라는 책방 할아버지, 그 자체일 것이다.

"시험에 합격해서 또 올게."
"언제든 그냥 와. 와서 밥이나 먹자."

봄이었다. 다시 일어나 보아야겠다.

덕후가 되어 버렸다

삽질하기 좋은 4월의 어느 맑은 날이었다.

대기에 떠다니는 물기가 부드럽게 볼을 만져 주었고, 경쾌한 바람에 연녹빛 복숭아 나뭇잎이 발끝을 간지럽혔다. 그래서 나는 일터의 일을 마치고, 늦은 밤의 시골길을 달렸다. 그건 그저 달밤에 삽질하기 위해서였다.

달밤에 체조라는 말이 요즘 들어 공감됐다. 나는 달밤의 삽질이 무척이나 좋았지만, 건너편 사시는 할아버지는 한동안 내가 정신 나간 사람인 줄 알았다고 했다. 얼굴이 까맣게 타들어 갈까 전전긍긍하지 않아도 되는, 잔별들이 쏟아지는 고요한 밤하늘 아래에서 투명한 공기와 함께 동화 속 주인공처럼 마음껏 자연을 뛰어다니는 일은 이 세상의 것이 아닌 듯 보였기에 정신 나간 사람처럼 보일 수도 있을 테다. 그러나 나의 심장은 어느 때보다도, 붉은 피로 가득 채워지고 있었다.

나는 되고 싶은 사람이 있었고, 하고 싶은 일이 있었다. 나의 꿈은 '시골의 글 쓰는 귀여운 책방 할아버지'였고, 어떠한 형용사도 빠뜨려서는 안 됐다. 나는 미래의 나를 만나기 위해 마라톤 중이었고, 목표의 중간 지점인 시골 서재를 만들기 위해 고군분투하며 이리저리 뛰어다니고 있었다. 하지만 목이 길어지다 못해 빠져 버릴 만큼 기다리고 고대했던 시골 서재가 될 오두막이 러시아와 우크라이나의 전쟁으로 자재 구하기가 어려워져 아직 코빼기도 보이지 않고 있었다. 망할 러시아. 망할이라는 단어는 내가 해 본 욕 중 가장 최상위 레벨이다. 인간들의 욕망, 그 이상도 그 이하도 아닌 망할 전쟁이 그저 하루빨리 종식되어 고통받는 이들이 더 이상 생겨나지 않기를 바랐다. 그래서 휑뎅그렁한 서재터는 기초공사만 완료된 채, 건조한 모래바람만이 스산하게 나부끼고 있었다. 그렇지만, 오두막이 내 품에 안길 때까지 하릴없이 먼 산만 바라보고 있을 수만은 없었다.

시간도, 타인도 나의 상황과 감정을 고려해 주

지 않는다는 걸 이제는 잘 알았고, 그들의 이해를 바라며 기다리기에는 나는 너무나 커 버린 어른이었다. 그래서 나는 나무를 키우고 작물을 가꾸며 또, 꽃을 피우면서 시골 서재를 기다리기로 결심했고 결행했다. 이른바 <리틀 포레스트>를 흉내 내려고 반려 식물들을 키우기 시작한 것이다. 그렇게 두 달이라는 시간이 흘렀고, 난 어느새 농부라 하기에는 너무나 어리바리하고도 부족했지만, 농부라 불리고 있었다. 이렇게 불릴 때면 너무나 기뻤다. '글 쓰는 농부야' 하고 말이다.

이제는 무엇이 진짜 나의 직업인지 선뜻 말을 뱉어 내기가 어렵다. 그렇지만 무엇이 중요한지는 조금 알 것도 같다. 중요한 건, 지금 내가 너무나 행복하고 기쁘며 멋지다는 것이다. 몇몇 사람들의 시선에는 제정신이 아닌 듯 보이겠지만, 이젠 타인의 눈총이 그리 중요하게 다가오지 않는다.

거리를 걸으면 모종들이 가느다란 잎사귀로 이리 오라며 나에게 호객행위를 했고, 홀라당 넘어간 나의 흰색 플라스틱 카드는 지칠 줄 모르고 열일했다. 사월과 오월에 파종과 모종 심기가 가능한 작물부터, 비료와 거름 주는 법, 과실 나무 전정하는 일에 이르기까지 나는 거침없이 배워 나갔고, 인터넷의 녹색 지식인들이 나의 스승이 되어 주었다.

그건 지금까지 살아온 나의 지난 날들과는 완전하게 결이 다른 일들이었다. 사람들은 까만 눈 동자를 요란스럽게 굴려 가며, 어리둥절한 표정 으로 나에게 말하곤 했다.

'돈도 안 되는 농사. 퇴직하고 해도 안 늦을 텐데 왜 벌써 난리야, 시간도 없으면서. 골프나 좀 배워 봐.'

그래. 어쩌면 옳은 말인지도 모르겠다. 퇴직한 후에 시작해도 되고, 골프를 배운다면 인간관계도 조금은 더 넓어질지 모르겠다. 그리고 나의 24시 간은 농사 일을 하지 않아도 터무니없이 부족하기 도 했다. 일터의 일도 해야 했고, 책도 읽어야 했으 며, 글도 써야 했다. 주말에는 아이들과 놀아 주어 야 했다. 그렇지만 굳이 산을 베어 낸 골프장에서 사람과의 관계를 넓히고 싶지는 않았고, 농사지으 면 나름 근육량도 늘릴 수 있었으며, 세월의 이야기를 고스란히 간직한 할아버지들의 취기 어린 농담도 종종 들을 수 있었다. 시간은 어차피 상대적인 것이고, 알뜰살뜰 꾸려 나가면 부족함 대신 알차게 보낸 충만함이 그 자리를 차지할 것이었다.

사람들은 주식이니, 부동산이니, 다들 재테크에 열을 올렸다. 모두들 타들어 갈 듯한 열기로 틈만 나면 재테크 얘기를 했다. 그러나 나는 문제가 있었다. 그런 얘기들이 귓등으로도 안 들린다는 것이다. 나의 전두엽은 돈에 관련된 얘기에 눈길 한번 주지 않는 것을, 또 태생적으로 그렇게 생겨 먹은 것을 어찌할 수 없었다. 나는 대신 나무테크를 시작했고, 운 좋게도 매일 빨간색 화살표가 하늘로 치솟아 주었다.

정신적으로나 육체적으로나 나약해져 있을 20년 후의 내가 시골로 들어가 농사를 지으면 된다는 말과 그때는 시간도 많을 것이라는 말 사이에서 지나가던 하얀 털의 '시고르자브종(시골개)'이 터무니없다는 듯 웃고 있었다.

지금 나는 아침 9시에 회색빛 시멘트 건물 안으로 들어가서는 하루 종일 깜빡거리는 커서 앞에 앉아 있다가, 밤 9시에 시멘트 덩어리에서 탈

출했다. 어쩌면 병원행 티켓을 이미 끊어 둔 것인지도 모르겠으나, 그나마 다행스럽게도 아직 앉아 있는 시간에 비례하는 치질의 증상은 겪어 보지 못했다. 시간이 많다 한들 병들어 버린 몸으로 농사를 짓기 위해 시골로 낙향하는 일을 상상하는 것은 시고르자브종이 배를 잡고 뒹굴 일인지도 모르겠다.

과거는 지나간 나의 현재이며, 미래는 아직 다가오지 않은 나의 현재이다. 현재에 내가 하고 싶은 것들과 좋아하는 것들을 하며 살아가야 미래의 나 또한 행복할 수 있는 것이며, 현재의 내가 건강해야 미래의 나 또한 건강할 수 있는 것이다. 나는 현재도 행복하고, 미래도 행복하길 바라는 것뿐이다.

건강하고 행복한 미래의 나를 위하여, 나는 오늘도 미친 듯이 행복한 덕질에 빠져들었다.

모종 구매 덕질의 폭풍이 지나가고, 이어서 숨 한번 쉬지 않고 모종 심기 덕질에 도전했다. 톨스토이의 『안나 카레니나』에서 레빈이 왜 그리 풀베기에 매달렸는지, 이제는 좀 알 듯했다. 그랬다. 그

　　　　　　　　　　　살짜쿵 책방러

는 멍을 때렸던 것이다. 어떠한 잡념도, 마음의 구정물도 없이 온전히 나에게 몰입하는 완벽한 시간과 공간을 소유하고 해방되는 일. 그것을 우리는 일상적인 언어로 멍때리기라 불렀다. 얼마나 좋으면 돈 써 가며 불멍이니, 물멍이니 하겠는가. 레빈과 나는 단지, 풀멍을 선호할 뿐이다. 나는 한참 모종을 심고 씨앗을 뿌리며 까만 거름과 맑은 물을 주는 멍때리기를 즐겼다. 멍을 때리는 동안 나는 자연과 침묵으로 대화하며 사색할 수 있었고, 나 자신과 주변을 관조할 수 있었다. 한밤의 진한 거름 냄새는 얼굴이 누렇게 떠 버릴 만큼, 참으로 황홀한 향기였다. 고랑과 이랑을 만드는 일은 여전히 힘에 부치지만 나의 성실함에 즉각 반응해 주는 대지의 여신님에게 감사했다. 자그마한 나의 노력과 의지를 기특하게 여겨 감자 반쪽을 심으면 대지의 여신님은 감자 다섯 개를 내어 주었으니, 지금까지 망해 온 현실 재테크에 비하면 월등한 수익률을 보장해 주는 대지의 여신님이었다.

육체적인 운동이 꼭 필요해. 그렇게 하지 않으면 내 성격이 완전히 망가지고 말겠어. 그는 이렇게 생각하며 형과 사람들 앞에서 풀베기를 하는게 아무리 거북한 일이라 할지라도 꼭 하고 말리라 결심했다.

- 톨스토이, 『안나 카레니나』 중

4월 셋째 주에 옥수수를 파종했다. 옥수수는 잘 자라는 작물 중 하나였고, 알다시피 남녀노소 누구나 좋아하는 국민 간식이다. 옥수수는 기특하게도 혼자서 잘 자라기에 주로 밭의 경계에 대충 심는데, 나 또한 서재터의 경계에 마음 담아 씨를 뿌려 주었다. 옥수수와 도라지, 해바라기는 모종을 심지 않고 직파를 선택했다. 옥수수의 발아 기간은 보통 7일에서 10일 정도고 새들이 씨앗을 파먹어 버릴 수 있기 때문에 직파할 때는 한 곳에 두 알에서 세 알 정도를 파종하며, 자라나면 솎아 주어야 했다. 파종하고서 나는 한참을 망부석이 되어 이별한 연인을 기다리듯, 연둣빛 이파리를 기다렸다. 대상이 사람이든 사물이든 기다리는 일은 언제나 설레었고 고귀했다.

한동안 발끝도 보여 주지 않던 옥수수. 그러나 3주가 지나자 연녹빛 찰옥수수의 귀한 싹을 볼 수 있었다.

살짜쿵 책방러

온 마음을 다해 무언가를 사랑하는 행위는 귀한 일이었다. 살아가면서 타인의 시선을 의식하지 않고, 필요성과 계산적인 생각들과는 무관하게 순수한 관심을 갖고서 사랑해 볼 수 있는 일은 생소했고 그만큼 특별했다. 그래서 나는 그 순간을 소중하게 그리고 정성을 다하여 다루는 것이 현명하다고 생각했다. 그것은 타인의 시선에 찌들어 살아가는 우리에게 생명을 불어넣는 기적과도 같은 순간인지도 모르겠다. 그 순간만큼은 타인의 시선도, 인정도 필요가 없었다. 오직 나와 내가 사랑하는 대상만이 세상을 채워 나갔고, 그것만이 선명하게 보일 뿐이었다. 그 세상은 그리고 그 마음은 온전하였고, 충만하였다. 절대적인 고요의 힘을 느껴 볼 수 있는 덕질인 풀멍에 오늘도 나는 한지에 물이 스며들 듯 빠져들었다.

그랬다. 늦어도 괜찮았고, 돌아가도 괜찮았다. 때가 되면, 결실은 우리 앞에 반드시 꽃이 되어 피어날 것이다. 내 삶을 사랑하며, 묵묵히 준비해 나가면 되는 일이었다. 서두르지 말고, 성실하게 자신만의 삽질을 해 나가길 바란다. 우주에서 가장 특별한 존재는 나 자신이니 말이다.

자신을 사랑하는 덕질이, 이 시절의 우리에겐 간절히 필요하고, 우리는 우릴 사랑할 자격이 충분하다.

그나저나 건너편 할아버지 집의 '시고르자브종'은 왜 나의 땅까지 머나먼 길을 와서 똥을 싸고 돌아가는 것인지 아직도 이해할 수 없다. 이곳에만 오면 잠들어 있던 장(腸)운동이 활발해지는 것인지, 보고 있으면 화가 끓어오르다가도, 그래, 나의 모종들을 축복하기 위해 저 녀석이 똥거름을 주러 오는 것이라 생각하며 참아 내었다. 거름을 돈 주고 사서 짊어지고도 오는데 무슨 대수이겠는가 하면서도, 녀석의 지리는 자세는 정말이지 나의 시선을 강탈했다. 말이 통하지 않기에 그저 째려볼 뿐이지만, 그럴 때면 녀석의 눈망울이 촉촉하게 젖곤 했다. 미안한 마음에 살기를 거두고는 돌아앉아 읽고 있던 『안나 카레니나』를 다시 펼쳤다. 그는 편히 일을 보고, 시원하게 돌아갔다. 그만의 덕질인 듯했고, 나는 그를 이해하기로 했다.

살짜쿵 책방러

동쪽으로 난 창

이윽고 서재가 까만 대지에 발을 디뎠고,
동쪽으로 난 창이 나는 참 좋았다.

하루의 시작을 알리는 동살의 울음은 번짐과 선명함이 교차했고, 붉은 태양은 반듯한 정사각형의 창을 각도기로 재어 가며 찬란하게 물들여 주었다. 하이얀 쉬폰 커튼을 넘어오는 빛을 따라 자작나무의 입자가 섞인 먼지들이 반짝거리며 부드럽게 대기를 흐르고 있었다. 잠의 손길을 뿌리치며 무겁기만 한 육신을 일으켜 세워보아도, 망막을 덮어 버린 그 몽환적인 풍경으로 뽀송뽀송한 담요를 덮고 있는 듯했다. 갈색 브리츠 스피커에 노크를 하고서 볼륨을 미세하게 조정하며, 김동률의 목소리를 부탁했다. 음악의 향인지, 커피의 음인지 모를 혼합되어 피어나는 감미로운 촉감을 따라 나는 동쪽으로 난 창을 응시했다.

창 너머에는 다소곳하게 앉아 있는 7월 여름

의 호수가 윤슬이 되어 쏟아져 내렸고, 연꽃의 소리 없는 속삭임은 보석처럼 빛의 파도를 이루고 있었다. 고요히 흐르던 물기 가득한 공기는 반짝거리는 태양 빛의 손을 잡고서 서서히 일렁이기 시작했고, 흙과 풀의 내음은 선율을 따라 서재를 채워 나갔다.

그랬다. 그건 생명의 냄새였고, 삶을 향한 의지가 배어 나오는 향기였다. 아폴론을 맞이하는 자연은 스냅사진의 반 박자 느린 파노라마와도 같았지만, 세상을 거대하게 움직였다. 부서져 내리는 햇살을 향하여 날아오르는 왜가리는 점이 되다가 어느새 두려움 한 점 없는 빛이 되어 사라졌고, 나무들은 다가오는 태양을 찬양하기 위해 일제히 몸을 흔들었다. 까만 밤을 지나온 해바라기들은 고개를 들고서, 기적의 찰나에 맑은 존경심을 보내었고, 윤기가 흐르는 고구마 잎사귀들은 짙은 녹색 빛 바다가 되어 찰랑거렸다. 나뭇가지에 수놓은 투명한 거미줄에 맺힌 이슬은 땅으로 느리게 떨어져 내렸지만, 그 한 방울이 대지의 잠을 깨워 나갔다.

밤이 새벽을 지나 아침을 만나는 일은 무엇

살짜쿵 책방러

하나 허투루 이루어지는 것이 아닌, 기적이었기에 그들은 찰나를 가볍게 여기지 않는 듯했다. 그들은 언제나 그 자리에서 묵묵히 빛과 어둠을 따라 자리를 바꾸는 낮과 밤의 시간을 추앙하였다. 비록 반복되는 일상을 살며 소멸을 향해 달려가는 그들이었지만, 그들은 부여된 사명을 다하고 있었다. 미미해 보이는 자연의 일상이 참으로 찬란한 것은 쓸모가 없어 보일지라도, 주어진 쓸모를 다하고 있는 고귀함 때문인지도 모르겠다.

나와 당신들. 그래, 우리들의 쓸모는 이미 충분했고, 일상을 묵묵히 살아가는 우리들의 존재는 억장이 무너져 내릴 것처럼 찬란했다.

소담한 선반들과 녹색 빛 생명들로 채색된 시골 서재 부엌의 자그마한 창이 참으로 좋았다. 이곳에 다녀갈 이들의 흔적과 함께 빛이 바래 갈 나무 그릇들이 주는 여운을 매일 볼 수 있을 것 같았다. 시간의 발자국이 쌓여 갈 선반들의 머리 위로 하얗게 눈이 내릴 즈음이면, 나도 지나온 길을 돌아보며 나의 쉴 곳에서 기대어 책을 읽고 있을 것이다. 아마도 한 손에는 『어린 왕자』를, 다른 한 손에는 『데미안』을 꼭 쥐고 있을 듯했다.

어쩌면 숨이 멎는 그날까지도 쉴 곳을 찾아 헤매는 것이 삶인지도 모르겠다. 사실 이곳이 그토록 찾아 헤매던 나의 쉴 곳이 아님을 잘 알고 있었다. 진정한 안식은 사랑하는 이가 내어 주는 속 뜰에 있다는 걸 잘 알고 있다. 이곳은 어쩌면 쉴 곳을 찾아가는 따갑고도 지난한 길 위에서 잠시 머무르는 평화로운 자작나무의 둥치 아래인지도 모르겠다. 작은 부엌의 창으로 초록을 머금은 햇발이 느린 박자로 넘어 들어오는 걸 바라보며, 달그락 달그락 아침의 설거지를 하는 것은 참으로 우아한 일이다.

매미들의 요란한 울음소리가 점점 가까이에서 울려오고 있다. 오전이 사라지기 전에 반려 식물들을 살펴보며, 안부를 물어야 한다. 그리고 당신들에게도 안부를 묻는다.

'거기, 잘 지내나요?'

그림자가 수줍게 사라져 버린 정오가 되자, 문득 빠알간 비빔냉면이 먹고 싶었다. 오이채 가득

넣고, 삶은 계란 반쪽이 멋쩍게 얹힌 그런 비빔냉면이 먹고 싶었다. 얼마 전 뒤늦게 가시오이를 심었는데, 어제는 볼 수 없었던 오이꽃이 말갛게 피어서 흰색 아치를 부여잡고 있었다. 너무나 기뻤고 사랑스러웠다. 무더운 여름의 한밤을 견디고 버티며, 꽃을 피워 내려 애썼을 오이가 기특했지만, 한편으로는 애쓰느라 목에 힘 가득 주었을 오이가 안쓰럽기도 했다. 꽃이 맺혔으니 곧 오이가 열릴 텐데, 내가 먹을 수 있을까 하는 생각이 문득 머리를 채웠다. 기특한 이 녀석들을 말이다. 사실 이곳을 가꾸기 시작한 이후로 꽃다발의 꽃들을 보면 괜스레 서글퍼지기도 했고, 예쁜 들꽃을 보아도 꺾어 내어 가질 수 없었다. 아마도 내가 나무와 꽃, 작물들을 가꾸는 집사가 되어 버렸기 때문인 듯했다. 꺾인 꽃에서는 숨 쉬는 생명의 역동적인 힘이 아닌, 안쓰러움과 처연함이 그 자리를 대신하는 듯해서 무용한 슬픔을 꽃잎에 써 내려가는 것만 같았다. 하지만 단정할 수는 없을 것이다. 사랑하는 이가 생긴다면 아름답고 우아한 해바라기꽃과 나빌리는 코스모스, 순수한 백도라지 꽃으로 꽃다발을 만들어 안기며, 기뻐할지도 모르는 일이니 말이다. 소중한 나에게 오늘도 숨 쉬는 꽃을 선물했다. 부디 살아 있는 충만한 피조물들이 나와 당신의 가까이에서 우리의 몸과 마음에 투명하고도 맑은 숨을 가득 불어넣길 바라본다.

오후에는 잘 자란 옥수수를 따다가 갈색 나무 평상에 앉아 구워 보았다. 고소한 향과 함께 늘어지는 대기의 음률에 잠시 누워 하얀 구름을 세어 보았다. 구름과 노는 일이 지루해져 아담한 서가를 느긋하게 살펴보다가 버지니아 울프의 『자기만의 방』을 꺼내어 펼쳤다. 노릇한 옥수수와 잘 익은 책 한 권에 세상을 다 가진 듯 심장은 평화롭게 뛰었다. 자연과 문장 사이에서 흘러내리는 설렘은 비 오는 날, 멀리서 다가오는 엄마의 노란 우산을 바라보는 것만 같았다.

여기저기 산재해 있는 일상의 소소한 행복은 마음으로 찾으려 할 때 비로소 알아볼 수 있지만, 우리는 자주 그걸 보려 하지 않았다.

늦은 오후, 물기 가득한 대기를 따라 그림자는 늘어져 갔고, 달콤한 낮잠에서 깨어난 건너편 할아버지들의 그림자가 하나, 둘 나타나 두리번거리고 있었다. 멀리서 크게 흔들리는 그의 팔이 서로의 안부를 물어 왔기에, 나 또한 할아버지들의 안녕을 크게 그려 보았다. 무더운 대낮의 따가움을 할아버지들은 뽀얀 막걸리와 구수한 입담들로 항상 희석하셨다. 그들은 해가 저물 무렵 다시 밭일을 시작했다. 해와 달, 계절과 계절의 움직임이 그들에겐 시계였다.

버려진 냉장고를 가져다가 시골 서재의 뜨락에 올려 두고 노란색 공유 서재를 만들어 보았다. 할아버지들과 동네 주민들이 지나가시다가 우연히 만난 책들로 잠시나마 고요와 사색의 공간을 가져 볼 수 있기를 바라서였다. 술은 조금 잊으시고, 간혹 책을 좀 읽어 보시라고 할아버지들께 말씀드렸지만, 그들은 귓등으로도 안 들으시는 듯했다. 책이 잠든 것인지, 할아버지들이 잠든 것인지, 책들은 언제나 같은 자리에서 깨끗한 모습이었다. 그렇지만 어쩌면 자연과 세월이 할아버지들 그리고 우리에게 살아가고, 살아 있는 책인지도 모르겠다. 할아버지들의 세월이 이야기였고 교훈이었으며 감동이었으니 말이다. 동화책에서나 나올 법한 노란색 냉장고에는 신선한 책들이 여전히 고개를 들고서 누군가를 기다리고 있고, 간혹 문을 열면 풀벌레의 노랫소리가 장엄하게 들려와 조금 놀라고는 했다. 서재의 뒤뜰에는 살 굿빛 천막으로 만든 '나의 작업실'이 놓여 있었고, 그곳은 나의 소중한 삽에서부터 호미에 이르기까지 농사의 '문방사우'들이 논쟁하는 공간이었다. 그곳에서 글을 쓰거나 책을 읽거나 혹은 장작을 자르다가 문득 홍시처럼 물들어 가는 하늘을 바라보노라면, 별것 아니고 특별할 것도 없는 소소한 나의 일상이 더 소중해졌다. 가끔은 조금 눈물이 나기도 하였다.

해거름이 밀려오면 저 멀리 시골집들은 주홍빛 전구를 하나둘 밝히며 깊은 밤을 맞을 준비를 했다. 시골의 밤은 도시보다 깊고도 넓었지만, 별밭과 달무리가 선명하게 남아 온화한 밤을 선물해 주었다. 시골의 밥 짓는 냄새는 평화라고 써야만 할 것 같다. 벌거벗은 마음과 가난한 심장들을 따듯하게 보듬어 줄 듯한 시골의 저녁 풍경이 팍팍한 우리네 가슴속에서 하나 정도 자리할 수 있다면, 굴곡진 길 위에서 잠시나마 앉아 몸에 가득

살짜쿵 책방러

들어간 힘을 빼어 볼 수 있지 않을까. 난 누군가에게 이런 안온한 시골의 풍경을 전하고 싶은 듯했다. 우리는 태어나서 호흡을 시작함과 동시에 치열한 경주를 치르고 있는지도 모르겠다. 각자가 가진 시간의 속도는 모두가 다르겠지만, 경주의 끝에서 만난 종착점이 진정 각자가 그려둔 안식처이길 소망한다. 고단한 삶의 끝에 다다랐을 때 가장 두려운 건, 어쩌면 무언가를 치열하게 사랑해 보지도 못한 채로 심장이 멈춰 버리는 일일 것이다. 우리 인생에서 가장 길고도 깊게 슬퍼해야 할 일인 듯했다.

자기 자신을 열렬하게 사랑하고 구수한 밥 짓는 냄새가 가득한 그곳에서 사랑하는 이들과 함께라면, 더할 나위 없는 삶의 종착점이 아닐까.

다락의 침실에서 동쪽으로 난 창을 통해 달기둥이 호수에 드리워지는 걸 바라보다 잠이 드는 일은 꿈을 꾸다 꿈으로 걸어 들어가는 것만 같았기에 가끔 나의 어안을 벙벙하게 하기도 했다. 시골 서재는 나에게 모든 낮과 모든 밤에 꿈을 꿔도 좋다는 안온한 허락을 주었고, 내가 가닿으려는

가느다란 꿈과 희망에 현실이 언젠가는 화답하여
줄 것이라는 확신을 내주었다.

삶은 일상을 바라보는 우리들의 시선에 따라
항상 변신을 거듭하며, 우리 앞에 나타나곤 하였
고, 우리들의 일상은 그래서 생각보다 힘이 세었다.

하지만 우리는 그걸 자주 잊고서 살아갔고, 자
주 울어야 했다.

몸은 어떤 소리도 꿰뚫을 수 없는 신기한 유리상자
속에 들어가 있고, 마음은 현실과의 접촉에서 해방되
어 그 순간과 조화를 이루는 어떠한 사색에라도 자유
로이 안주할 수 있었습니다.

- 버지니아 울프, 『자기만의 방』 중

난 결코 행복하지 않았다

행복과 불행은 마음이 가진 시선의 모양이었다.

기우제라도 지내야 하는지 고민될 만큼 몇 주째 모질기만 한 뙤약볕이 지속되는 날이었다. 5월의 가뭄에 대지는 갈라졌고, 세상은 메말라 가고 있었다. 서재터에 앉아 편육이랑 컵라면을 놓고서 시원한 빗방울을 만져 볼 수 있기를 바랐다. 지금껏 살아오면서 비가 내리기를 이리도 간절히 바랐던 적이 있었던가. 무언가를 바라는 일. 나를 향한 바람이든, 그 누군가를 위한 바람이든, 그 바람 안에 간절함이 담겨 있다면 언젠가는 이루어질 것이라는, 어찌 보면 연약하디연약해 보이는 믿음을 나는 아직 딛고서 살아가는 사람이었다. 걱정은 되었지만 달콤한 비가 내리기 전까지 지금 이 자리에서 내가 할 수 있는 일을 찾아 할 것이고, 필요한 일들을 준비해 나갈 것이다.

걱정이 있다고 불행한 것은 아니다. 세상에 걱정 없는 사람 없고, 슬픔 없는 인생 없다. 그리고 그들이 모두 불행한 것은 단연코 아니다.

감정의 변화와 행복과 불행의 자리 바꾸기는 구별되어야 하는 것이다. 지금의 나는 걱정은 많았지만, 살랑살랑 불어오는 바람이 실어다 준 은은한 행복을 즐기고 있다. 혼자서 중얼거리다 보니, 라면이 불어 버렸다. 불어 버린 라면에 짜증은 조금 났지만 그렇다고 불행한 것은 결코 아니다.

예전의 나는 일터에서 페이퍼 작업에 파묻혀 살았다. 물론 지금도 일터에서 나름의 최선을 다하고는 있다. 몸과 마음을 다하여 일터에 시간을 기울였던 만큼, 일터에서 인정받던 시절이 나에게도 있었다. 늦은 시간까지 일하기를 마다하지 않았고, 상사들의 요구를 만족시키는 것에서 즐거움을 찾았다. 기획과 총무 부서 등을 거치며, 나름 직원들로부터 부러움의 대상이 되기도 했다.

그렇게 매슬로가 말했다는 인정의 욕구는 충족되어 갔으며, 동시에 타인의 시선을 즐길 수 있었다. 그럼에도 불구하고 나는 행복하지가 않았

살짜쿵 책방러

다. 되돌아보니 일시적인 즐거움과 욕구의 충족을 행복이라 착각하며 살아왔고, 순간적인 슬픔과 감정의 침체에서 나 자신을 불행하다 여기기도 했다. 하지만 그러한 것들은 소모적인 감정의 배설물들에 불과한 것들이었고, 어깃장스러운 감정의 찌꺼기들이 처리되지 못한 채 쌓여 갈수록, 마주하며 달려온 것은 까만 공허와 시뻘건 분노였다. 어느 순간부터 공허와 분노는 삶의 에너지를 소진해 나갔고, 삶에 대한 의지들은 모래알처럼 흩어져만 갔다. 희망과 의지가 사라진 황폐한 마음에서 자라날 수 있는 유일한 것이 바로 불행이었다.

타인으로부터 인정을 받으며 나의 일에 열정을 쏟아 왔는데, 그곳에는 풀 한 포기 남아 있지 않은 공허만이 차곡차곡 쌓여 있었다. 스스로에 대한 분노로 나의 살들도 타들어 갔다. 타들어 간 살들은 마침내 60kg이라는 체중계의 바늘을 붕괴시켰고, 난 멸치가 되어 가고 있었다. 빨간 야구모자를 쓴 거울 속의 나는, 고추장을 찍은 멸치 같았다. 체력 또한 비례해서 추락해 갔고 입맛도 사라졌다. 그렇게 나는 야위었고, 스스로에 대한 분

노와 내 삶에 대한 허무로 하루하루를 흘려 버렸
다. 망각의 강으로 시간을 흘려보내길 애쓰던 그
곳에는 서글픈 내가 서 있었다.

난 어쩌다 보니 작게나마 과실수와 작물을 키
우는 어리바리한 글 쓰는 농부가 되었다. 예전에
는 일터의 일을 마치면 사람들과 술을 마시며 알
맹이 없는 위로와 순간적인 위안을 곁에 두었지
만, 지금은 나에게 주어진 대부분의 시간을 글을
쓰거나, 책을 읽으며, 나무와 꽃들을 돌보는 일에
몰두하고 있다. 이 모든 것들은 고요한 평온과 은
은한 행복을 나에게 가져다주었고, 지속되는 충
만감과 자신감을 느끼게 해 주었다. 지금도 물론
기쁨과 슬픔이 수시로 방문하여, 나의 창문을 세
차게 흔들어 대기는 했지만, 고슬고슬한 흙들이
깔려 있는 것처럼 마음 깊은 곳에 놓여 있는 조약
돌 모양의 행복 덕에 불행을 선뜻 떠올리진 않았
다. 어쩌면 행복과 불행은 감정의 변화에 따라 나
타나는 것이 아니라, 삶에 대한 태도와 방향을 따
라 지속되는 심적인 상태인지도 모르겠다.

고구마 줄기를 죽을 만큼 심었다.

남부지방에서는 4월 말에서 5월 중순까지 고구마를 심는다. 15도에서 30도 사이의 기온에서 가장 잘 자라는 고구마의 생육 온도 때문이다. 사실 고구마뿐만 아니라 대부분의 모종은 무서운 늦서리를 피하여야 했기에 4월 말은 지나서 심는 것이 안전하다. 수박 서리나 참외 서리는 귀엽기라도 하지만, 늦서리는 잘못 맞으면 귀한 초록이들이 순식간에 사라져 버린다.

고구마 모종을 심을 때는 비가 내린 직후가 제일 좋으며, 여의치 않으면 두둑에 물을 듬뿍 주고서 땅을 진흙처럼 만들고 난 후 심어야 한다. 나는 오매불망 애태우며 비를 기다리다가 시기를 더 이상 늦출 수가 없었기에 결국 후자를 택하여 고구마 줄기를 심었는데, 문제는 양이 너무 많았다는 것이다. 무려 3kg을 혼자서 심었다.

난 더위를 먹었거나 무언가를 잘못 먹은 것이 분명했고, 제정신이 아닌 것이 확실했다. 고구마 줄기 하나에 무게가 몇십 그램이나 될까라는 단순한 질문조차도 해 보지 않았고, 손가락 하나로 3kg을 쉽게도 주문했다. 손가락 하나를 까딱한 일이 등골이 휘게 되는 일이 될 수 있음을 알게 되기까지 그리 오랜 시간이 필요하지 않았다. 난 어릴 때부터 수학은 못했지만, 읽기는 잘했다. 그런데 참으로 이상했다. 분명 3kg이라 읽었는데 고구마 줄기는 300kg짜리 철근처럼 느껴졌다. 고구마는 구근작물이기 때문에 일반 두둑보다 두 배는 넓고 높은 두둑을 쌓아야만 한다. 두둑을 쌓던 나는 어느새 삽과 곡괭이와 한 몸이 되어 갔고, 나의 몸은 납덩어리가 되어 녹아 내렸다. 왜 3kg이었던가… 1kg이나, 2kg보다 많아서였던가.

고구마 줄기를 심고 나니, 건너편 할아버지께서 설렁설렁 다가오셨다.

"고라니는 어쩔라꼬? 고라니는 고구마순을 제일 좋아해서 다 먹을 낀데. 내 개 한 마리, 저거 갔다가 키우든가."

아뿔싸, 고라니의 최애(最愛) 식품이 고구마 줄기인지 몰랐다. 서재터의 나지막한 뒷산에서는 고라니들이 매일 요사스럽게 울어 댔는데 까맣게 잊고 있었다. 할아버지가 말씀하신 그 개는 그래, 맞다. 지난번 글에서 소개한, 나의 서재터까지 달려와서 똥을 싸 대고 가는 그 녀석이다. 매일 함께 있어 줄 수 없기에 개를 키울 수는 없었다. 나는 결국 허수아비를 만들었고, 이름까지 지어 주었다. 이름은 '고사리'로 정했다. 물론 저 녀석에게서 사리가 나온다는 의미는 아니었다. 사리는 내가 나올지도 모르겠다. 고구마를 사수하는 이(리)쁜 녀석이라는 의미로 지었는데 썩 마음에 들었다. 금줄까지 매어 두는 가상한 노력을 선보였다. 이 정도면 어느 정도의 고구마는 지켜 내리라 생각하며 혼자 흐뭇해했지만, '시고르자브종'이 다가와서는 물끄러미 바라보다가 씨익 웃고 사라졌다. 시고르자브종은 분명 비웃었으나, 참는 일이 업인 것처럼 나는 또 참아야만 했다.

고구마 줄기 3kg을 심었는데, 몸무게는 오히려 60kg을 회복했고, 지금도 완만한 우상향 곡선을 그리고 있다. 나는 그동안 내가 먹는 일을 좋아하지 않는다고 여겨 왔다. 그런데 그건 매일을 플라스틱 의자에 앉아서 식욕이 솟구칠 만큼 움직이지 않아서였다. 난 요즘 코끼리처럼 엄청 먹어 댄다. 농사지으면서 저절로 그렇게 되었다. 하지만 몸은 가뿐해지는 듯했고, 건강해지고 있음이 느껴졌다.

난 딱딱한 책상에 앉아서 타닥타닥 키보드를 두들기는 일만이 나에게 어울리며, 내가 잘할 수 있는 일이라 여겨 왔다. 글을 쓰고, 농사를 짓는 일은 눈곱만큼도 떠올려 본 적이 없었다. 그런데 참으로 신기했다. 나와는 어울리지 않으며, 할 수 없다고 여겨 왔던 일들에서 비로소 평온을 떠올릴 수 있었고, 몸도, 마음도 건강해지고 있음을 느낄 수 있었다. 언젠가는 웃옷 벗고 농사용 앞치마만 입은 채 바디프로필을 찍겠다는 야심찬 목표를 세웠다. 흑백 처리하면 조선시대 노비처럼 보일 거라며, 동료 팀원들이 공격적으로 만류했지만, 타인에게 해가 되지 않는다면, 타인의 시선보다는 자신의 시선에 조금 더 관심을 갖는 것이 지혜로운 일이라 생각했다. 나의 바디프로필은 타인에게 해가 된다는 팀원들의 부연 설명이 얼마 후 서글프게 덧붙여졌다.

행복의 길은 어쩌면 타인의 시선에서 벗어나 조금만 더 자신에게 솔직해지고, 자신을 둘러싸고 있는 것들을 다정하게 살펴보면 쉽게 발견되

살짜쿵 책방러

는 것인지도 모르겠다.

　오늘도 나는 참 대견했다. 고되고 버거웠지만 즐거웠고 기뻤으며 고봉밥을 먹었다. 그것이면 되었다. 내가 애써 심어 놓은 고구마 줄기를 고라니가 좀 먹으면 어떤가. 그 녀석의 배고픔이 훨씬 더 간절할 테니 말이다. 가끔 외로워서 조금 울기도 했지만, 정호승 시인의 시처럼 외로우니까 사람인 것이다. 삶이 나에게 조금은 양보해 준 고요와 평온의 시간은 내가 살아 있음을 느끼게 해 주었고, 행복을 잔잔히 흘려보내 주는 나의 일상에 감사했다. 조금만 더 자신의 주변과 일상을 다정한 시선으로 둘러본다면 기적도 없이 다가와 옆에 나란히 앉은 행복의 길을 우리는 발견할 수 있을 것이다. 책방을 향해 걷는 고불고불한 나의 오솔길에 드문드문 행복한 일상이 자라나 있어, 이 길을 걷는 것이 그리 두렵지 않다. 그렇지만 고라니가 조금은 남겨 주면 좋겠다. 이것 또한 기우일 뿐, 내가 불행한 것은 아니다.

　삶에는 이유도 해석도 붙일 수 없다. 삶은 그저 살

아야 할 것, 경험해야 할 것, 그리고 누려야 할 것들로 채워진다. 부질없는 생각으로 소중하고 신비로운 삶을 낭비하지 말 일이다. 머리로 따지는 생각을 버리고 전 존재로 뛰어들어 살아갈 일이다. 묵은 것과 굳어진 것에서 거듭거듭 떨치고 일어나 새롭게 시작해야 한다. 새로운 시작을 통해서 자기 자신을 새롭게 이끌어내고 형성해 갈 수 있다.

- 법정 스님, 『맑고 향기롭게』 중

살짜쿵 책방러

해방(解放), 잡초랑 맞짱 뜨는 일

투쟁의 대상은 결국 나였다.

태양은 사납게도 세상을 내리쪼았고, 끓어오르는 열기를 피해 그 무엇도 하고 싶지 않은 6월의 초입이었다. 오늘처럼 거칠기만 한 날에는 이불과 한 몸이 되어 방구석에서 게으름을 피우는 것이 상책일 테지만, 오늘도 나는 일을 마치고 시골로 달려갔다. 나는 몇 달째 시골 서재터를 가꾸고 있었다. 서재터를 준비하면서 주변 사람들이 가장 많이 해 준 걱정 중 하나가 바로 잡초였다.

매일 뽑아 내고, 밟아도 다시 일어서는 잡초가 작물과 나무를 황폐화시킬 거라고 말들을 옮겼지만, 사실 나는 그다지 걱정하지 않았다. 잡초 또한 식물이었으며, 다른 우아한 말로는 야생화 또는 야생초이기 때문이었다. 운이 좋으면 예쁜 꽃을 볼 수 있기도 했다. 그래서 나는 오히려 그들이 자라나서 내가 가꾸는 서재터를 가장 자연스럽게 담아 주리라 생각했다. 하지만 내 생각과 이상이 한낱 망상에 불과하였음을 알려 주기 위해 시간은 속도감 있게 달려왔다. 눈앞에 펼쳐진 열대 우림에 나는 내가 타잔이 된 줄 알았고, 현실 자각 타임은 어김없이 찾아왔다.

잡초가 자라더라도 다닐 길은 있어야 했기에, 방법을 고민하다가 '야자매트'를 선택했다. 야자매트는 생김새가 예뻤고 푹신해 보였다. 무엇보다도 시간이 지나면 삭고, 다시 땅으로 스며들어 대지에 거름이 된다고 하였기에 나의 손가락은 또다시 꼼지락거리며 덕질에 빠져들었다. 시각적이면서도, 친환경적인 농사를 고집하는 나에게 너무나 매력적으로 다가왔지만, 생각보다 몸값이 비싸 다소 놀란 손놀림은 망설이며 느려졌다.

돌멩이들을 날라 길을 만들어 볼까도 했지만 곧바로 끊어질 허리가 예상되었기에 공원 산책길에서 흔히 만나게 되는 야자매트를 다시 떠올렸다. 결국 나는 탐심을 충전시킨 후 덕질을 지속했다. 돌돌 말린 야자매트를 둘둘 굴려서 펴 준 다음 못을 박으면 작업 끝이었고, 이는 시골에서 생겨

나는 일 중에 가장 여유로운 임무였다. 그런데 얼마 지나지 않아 잡초는 그 '야자매트'를 뚫고서 얼굴을 들이밀고 나를 조소했다.

그랬다. 난 웃기지도 않는 개그를 하고 있었다. 야자매트를 깔기 전에 비닐을 먼저 깔아야 했던 것이다. 망했다. 아니, 망하려면 아직 멀었으니 괜찮다라고 고쳐 쓴다. 서재가 들어오면 야자매트를 더 깔아야 했기에 그때는 제대로 하면 된다. 지금 당장은 멍석말이를 당한다 해도 더 이상은 못 하겠으니 말이다.

그리고 나는 빼곡한 나무숲을 이루어 잡초 따위는 걱정하지 않겠다는 원대한 꿈을 꾸었고 펼쳤다. 나는 나무를 사는 덕질에도 빠져들며 설레었지만, 나무를 심는 일은 삶과 죽음을 넘나들어야 하는 일이었다. 서재터에 심으려고 준비해 둔 나무들은 모두 아기 나무들이었고 참으로 어여뻤다. 동백나무와 왕벚나무, 백목련과 자목련, 매화나무와 복숭아나무, 자두나무와 살구나무, 자작나무와 조팝나무, 그리고 감나무. 이들이 언젠가는 울창한 숲을 이루고, 화사한 꽃을 피워 주리라는 설렘과 기다림은 나를 노란빛 별들을 따라 밤 하늘 저편으로 날게 했지만, 그들을 위한 삽질은 나를 땅과 하나가 되게 해 주었다. 정신은 혼미해 져 갔고, 육신은 이미 내 것이 아니었다. 흙을 파 는 일은 너무나 힘들었고, 돌덩어리가 은밀하게 숨어 있는 흙덩어리들을 파내는 일은 그보다 훨 씬 더 힘들었으며, 삽질과 삽질의 경계에서 나는 무언가를 지릴 것만 같았다. 이두박근과 삼두박 근이 부풀어 올랐다가 가라앉기를 반복했고, 나 는 땅으로 침잠했다가 다시 떠오르길 지루하리만 큼 지속했다. 이대로라면 바디프로필, 가능할지 도 모르겠다.

그리고 잡초가 무단으로 영역을 침범하여 확 장하지 않도록 곳곳에 작물과 꽃씨를 뿌렸다. 작 물과 꽃들을 위해 두둑을 만들었고, 거름을 뿌렸 으며, 비료도 주었다. 내 몸에서는 똥내가 풍겼고, 차 안에는 방향제로도 사라지지 않는 쿰쿰한 냄 새가 났다. 팀원들은 나의 차에 탑승하기를 거부 했다. 그럼에도 불구하고 나는 구수한 냄새가 좋 았다. 비료를 많이 주면 초록 이파리들이 고사해 버리기에 조금만 흩뿌려 주었고, 대신 물을 담뿍 주었다.

　이런 일련의 작업들은 정말이지, 등골이 빠질 듯한 일이었고 뱃가죽과 등짝이 하나 되는 일이었다. 하지만 내가 애써 일구어 가는 파라다이스에서 거름과 비료의 힘으로 잡초들이 먼저 자라났고, 그들은 축제를 열어서는 굳이 나를 초대해 주었다. 잡초들의 근육질 몸매는 우람했고 자신의 영역을 보란 듯이 확장해 나갔다. 반면에 씨앗을 뿌린 옥수수와 도라지, 해바라기와 블루세이지, 백일홍 등은 함흥차사였고, 고추와 방울토마토, 대파와 상추, 애플수박과 부추, 그리고 고구마 등은 못 먹고 자란 듯 비실거렸다. 잡초가 너무나 가증스러웠으나 나는 뽑지 않았다. 대신 씨앗과 모종에 더 많은 애정과 관심을 쏟아부었다. 내가 사랑하는 녀석들이 잡초랑 맞짱 떠서 승리하길 바라며, 애달픈 마음으로 거름과 뿌리 강화제를 섞어 주었다. 그렇게 난 그들의 운명을 열렬하게 응원했다.

　어느 날 거대한 잡초를 뚫고서 해바라기의 건강한 초록 잎이 솟아올랐다. 그리고 옥수수도 건강하게 자라 주었다. 특히나 안쓰럽도록 허약하였던 상추며, 케일 모종들은 스스로가 잡초라 착각하는 듯했다. 나의 머리통보다 커 버린 녀석들을 솎아 주어야 하는데, 보고 있자니 흐뭇해 그러질 못했다. 사실 조금 귀찮기도 했다. 어느새 로메인과 아삭이고추, 케일, 치커리, 상추, 배청채, 쌈추, 적다채, 흑다채가 관상용으로 자라 꽃도 피워 주었고, 나의 시각적 농사는 성공하고 있었다. 그에 비례해서 빨리 수확하라는 동네 할아버지들의 잔소리도 늘어 갔다.

하지만 기특한 이 녀석들을 어찌 꺾을 수 있겠는가. 잡초랑 맞짱 떠서 이겨 낸 녀석들이 참으로 사랑스러웠고, 자랑스러웠다. 사실 너무 커져서 이제는 잡초보다도 무서울 때가 종종 있었다. 깊은 밤에 이 녀석들을 보고 있노라면, 간혹 놀라서 오금이 저려 오기도 했고, 밭에 누군가가 엎드려 있는 줄 착각하기도 했다. 아직 허브와 꽃씨들은 귀여운 새싹을 보여 주진 않았지만, 곧 볼 수 있으리라 나는 확신했다. 조금 느릴 수는 있겠지만, 꽃은 반드시 핀다는 사실을 나는 이곳에서 배웠다.

살짜쿵 책방러

난 지금 살아가는 삶이 처음이고, 당신들도 처음이다. 그래서 우리는 셀 수도 없는 시행착오를 경험하며, 수많은 길을 둘러 오기도 했다. 너무나도 당연하게 느리고도 더뎠으며 연약했다. 지금도 여전히 그렇다. 하지만 뛰어가든 걸어가든 굴러가든 기어가든 그러다 넘어지든. 그것은 각자가 지닌 인생을 지나가는 모습이고, 중요한 것은 제자리걸음은 아니라는 것이다.

때로는 누군가의 도움을 받기도 하고 스스로 깨우치기도 하면서 우리는 조금씩 성장했고, 그러다가 무례한 삶과 맞짱을 떠보기도 했다. 단 한 번뿐인 인생을 살아가는 데 있어 우리가 애태워야 할 일 중 하나가 맞짱이 아닐까 생각한다. 실수해도 괜찮으며 넘어져도 괜찮다. 용기 내어 억척스럽게 달려들었다면, 우리는 아마도 어제보다는 조금은 더 마음의 속박으로부터 해방되었을 테니 말이다. 자연이랑 맞짱 뜨는 일은 무모할지도 모르겠으나, 그 외의 것은 살아가면서 맞짱 한번 떠봐야 할지도 모르겠다. 특히 자신의 삶이나 운명 같은 것들은 더욱 그러해야 할 것이다. 진정 해방되고 싶다면, 맞짱 떠볼 용기 정도는 있어야 하지 않을까. 한번밖에 없는 삶, 다시 돌아오지 않을 삶은 절대적으로 원해야 할 대상이지, 못 본 척 내팽개쳐도 되는 시간 따위가 아니다. 용기 내어 맞짱 떠보고 안 되면 다시, 또는 다른 방법을 찾아서 맞짱 뜨면 되는 것이다. 상처 입을 때까지 사랑하는 것을 두려워하지 말라던, 사랑은 어느 계절에나 열매를 맺을 수 있다던 마더 테레사 수녀님의 말씀을 떠올리며, 불혹의 나이에 피어난 꿈이지만 느리더라도 언젠가는 책방이라는 열매를 맺으리라 다짐해 보았다. 자신의 삶과 사랑에 대한 의지를 키우며 살아가야 하는 시절에 우리는 무관심하게 끌려다니고 있는지도 모르겠다.

맞서 싸워야 할 대상은 결국, 나였다.

헤르만 헤세의 『데미안』을 읽고 있으니, 어느새 비가 내리기 시작했다. 빗속에서도 춤을 추자고 니체가 말했다지만, 정말이지 빗속에서 춤을 추게 되고, 쇼를 하게 된다. 해야 할 일들이 너무나 많기 때문이다. 나의 삶에 또다시 비가 내리고, 잡초들이 울창하게 자란다면, 난 빗속에서 맞짱을 뜰 것이다. 지금도 어디에선가 삶과 맞짱 뜨고 있을 당신을 열렬하게 응원한다.

새는 알에서 나오려고 투쟁한다. 알은 세계다. 태어나려는 자는 하나의 세계를 깨뜨려야 한다.

- 헤르만 헤세, 『데미안』 중

오늘도 나는 못 먹어도 Go 한다

나를 들인 시간이 나를 오롯이 증명해 주었다.

지난하게도 지루했던 가뭄을 뚫고 달콤한 비가 내려 주었다. 하지만 비는 연일 억수같이 쏟아져 내렸고 나 또한 무척이나 할 일이 많아졌다. 눅진한 우비를 챙겨 입고서 작물이 쓰러지지 않게 지지대를 세워 주고, 빗물이 잘 흐르도록 빗속에서 삽질과 곡괭이질을 했다. 내리는 비와 흐르는 땀이 섞여 사물이 분간되지 않을 때면, 지금 내가 제정신인가 싶기도 했다. 땅을 매입할 돈으로 주식이나 코인, 아파트에 투자했다면 이런 고생은 하지 않았을 것이라는 막연한 후회가 하얀 김이 되어 피어올랐다.

특히 주위 사람들과의 대화 속에서 더욱 격렬해지곤 했는데, 그들의 염려와 걱정은 항상 최악의 시나리오를 예측하며 나에게 건너왔기 때문이다. 삼 개월이면 지칠 것이라는 확신에 가까운 추측부터 한밤에 고라니에게 잡혀갈지도 모른다는 흉흉한 소문에 이르기까지 사람들의 우려는 다양한 스펙트럼을 그렸다. 날아 들고 찔러 대는 그들의 이야기를 들으면 들을수록 나는 작아져만 갔고, 누군가의 호주머니로 기어들고만 싶었다. 생각했던 것보다 내 주변에는 오지라퍼들이 많았다. 하지만 판은 이미 벌어졌고, 나는 판돈은 없었지만 꿈이 있었기에 여전히 못 먹어도 고였다.

불확실하고, 겪어 보지 못한 것들은 언제나 주홍빛 석양 그 너머에서 개인지, 늑대인지 모를 두려움이나 설레임이 되어 다가왔다. 하지만 지나온 인연의 흔적들을 뒤돌아보면 언제는 두렵지 않은 적이 있었던가. 하데스에게 다가가는 오르페우스처럼 단 한 번도 없었다. 엄마의 뱃속에서 새로운 코스모스를 맞이하기 위하여 알을 깨고 나오던 그 순간이 아마도 내 삶에서 가장 두려웠던 천지개벽의 시간이었을지도 모르겠다. 하지만 지금껏 나는 잘 살아오고 있으며, 앞으로도 그러할 것임을 이젠 잘 알고 있다.

시골의 날씨와 환경은 언제나 불확실했고, 결과값은 언제나 미지수였다. 불확실성을 확실한 변수로 전환시키려면 돈이 필요했다. 하지만 나는 돈이 없었고, 대신 아직까지는 쓸 만한 몸뚱어리가 있었기에, 지금까지 스스로 시골 서재를 가꾸어 왔다. 나에게 돈이 있었다면 빛나는 현금을 출금해서 탄탄한 조경업체와 건축업체에 당당하게 찾아가서는 가꾸고 싶은 나무들과 꽃, 담장의 재질, 배수로, 정원길 등의 계획을 얘기하고, 특정 기간 안에 만들어 달라 기한을 정해 계약하면 끝나는 일이었다. 완성된 서재에서 동화 속 주인공이 된 듯, 앞치마를 두른 채 빙글빙글 돌며 강강수월래를 부르고 다람쥐들이 주워다 주는 밤톨을 손에 쥐고서 산새들이 춤을 추는 장면을 연출하면, 나의 이야기는 엔딩 크레디트를 올릴 수 있었다. 얼마나 아름다운 이야기인가.

하지만 나는 그럴 만한 돈이 없었고, 동화 속 시나리오는 불쏘시개로 사용해야만 했다. 그렇지만 돈이 없다는 것이 아무것도 할 수 없다는 의미가 아니라는 걸, 이젠 잘 안다. 돈이 없다는 것은 단지 불편한 일이 조금 더 발생하고, 내 몸과 마음을 조금 더 촘촘하게 사용해야 한다는 의미에 불과하다. 비를 맞아 속수무책으로 쓰러지는 해바라기를 보며 삽을 힘껏 움켜쥐었다.

아저씨 별의 사람들은 한 정원에서 장미꽃을 5천 송이나 가꾸지만, 자신들이 찾고 있는 것을 거기서 발견하지 못해. 어린 왕자가 말했다.

그래 발견하지 못하지. 내가 대답했다. 그렇지만 그들이 찾는 것은 한 송이 장미나 한 모금의 물에서도 발견될 수 있어. 어린 왕자가 말했다. 하지만 눈으로는 볼 수 없어. 마음으로 찾아야 해.

- 생텍쥐페리, 『어린 왕자』 중

돈을 어마어마하게 투자한 화려한 정원과 거대한 농장에서 한 송이 장미가 가진 아름다움을 발견할 순 없을 것이다. 그저 스쳐 지나갈 뿐, 그것들에게서 어떤 존재의 이유나 행복의 의미를 찾을 수는 없을 듯하다. 나의 몸과 마음이 애쓰지 않았고, 어떠한 설렘이나 떨림이 없었기 때문이다. 무거운 빗물에 땅으로 침잠하는 해바라기와 옥수수를 지지대에 묶으며 생각했다. 예쁘지 않

아도 되니 그저 온전히 존재해 주길 바라는 마음
이 어쩌면 사랑의 모양인지도 모르겠다. 꽃이라
불렀을 때 비로소 꽃으로 다가왔다는 어느 시인
의 시구는 참으로 적확한 문장이었다.

　무엇인가를 직접 만지며 알아 가는 일은 삶의
기쁨을 선사해 주었다. 딸기를 키우며 딸기는 내
가 좋아하는 다년생 노지월동 식물 즉, 겨울에 숙
면을 취하면서 추위를 이겨 내고 잡초를 견뎌 내
며, 자신의 삶을 확장시켜 나갈 줄 아는 강건한
식물이라는 사실을 알게 되었다. 딸기와 관계를
맺으며, 처음 보는 하얀 딸기 꽃에 매혹되었고,
따스한 오월에 딸기를 수확할 수 있었다. 해바라
기는 거대하고도 찬란한 꽃을 피워 내기 위해 에
너지를 끌어모으고, 자신의 시간이 찾아오면 봉
오리 안에 가득찬 노란빛을 축복과 함께 터트렸
다. 그들이 만드는 기적의 노란빛은 느린 파노라
마처럼 보이지만, 너무나도 역동적인 과정이며,
숨죽여 지켜보는 나의 심장에는 정적이 흘러내
리곤 했다.

　옥수수는 자라면서 거대해진 자신의 몸집을
지탱하기 위하여, 발처럼 생긴 뿌리를 두 가닥, 세

가닥씩 흙 밖으로 뻗어서 내어놓았고, 난 그의 발이 상하지 않도록 흙으로 덮어 주었다. 살아가려는 그들의 의지가 결국 단단한 알맹이들로 가득해지는 것이다. 돈이 없었기에 비로소 나는 자연이 읊어 주는 경전을 관찰하며 사색할 수 있었다. 나무와 작물들을 알아 가고 배워 가며 나눈 시간들은 사라지지 않고 내 삶에 알알이 배어 보석처럼 반짝거리며 특별해졌다. 나를 들인 시간이 오롯이 나를 증명해 주었다.

어린왕자가 말했다. 길들인다는 게 무슨 뜻이야?
여우가 말했다. 그건 관계를 맺는다는 뜻이야.

- 생텍쥐페리, 『어린 왕자』 중

나는 나무들과 작물들에게 정확한 시간에 맞추어 정해진 양의 물을 공급하는 자동급수장치를 아직 설치하지 못했다. 건너편 할아버지는 가끔 찾아와 얼마 전 설치한 자동급수장치를 자랑하곤 했는데 샘이 나긴 했다. 내년에 성과급을 받으면 설치할 계획이다. 그래서 유난히도 길었던 가뭄 동안 나는 불편함을 감수하며, 역시나 몸빵해야만 했다.

쪼그리고 앉아서 생수통에 물을 담아 정기적으로 땅에 꽂아 주었다. 생수통을 교체해 주며 작물들과 눈을 맞추고 이리저리 살펴보았다. 돈이 있었다면 아마도 이런 수고스러운 경험은 해 보지 못했을 것이다. 작물들이 하루가 다르게 성장하는 모습을 보면 마치 내가 자라는 것만 같았다. 그리고 사실 생수통을 땅에 꽂아 두니 까만 밤에는 태양광 전등빛이 반사되어 몽환적이기까지 했다. 미래의 꿈을 함께해 줄 자연과 이 정도의 추억을 만들어 가는 일은 설사 돈이 있다 해도 직접 해 보아야 하는 일인지도 모르겠다.

잎채소 하나 제대로 수확하겠냐던 눈총들은 이제 나에게는 쥐똥만큼도 들리지 않는다. 식물들은 내가 들인 시간에 비례하여 자라나 주었고, 나 또한 동시에 함께 성장할 수 있었다. 정말이지 너무나 예쁘고, 기특하며, 서사 있는 일이었다. 나의 시간, 그리고 몸과 마음을 쏟아부어도 하나도 아깝지 않은 일. 우리는 그걸 사랑이라 쓰고, 행복이라 읽는다.

네가 오후 네 시에 온다면, 나는 세 시부터 행복해지기 시작할 거야. 시간이 갈수록 나는 더 행복해지겠지. 네 시에는 벌써 나는 흥분해서 어쩔 줄을 모를 거야. 그래서 행복의 값어치를 알게 되겠지. 그렇지만 네가 아무 때나 오면, 몇 시에 마음을 단장할지를 모르게 되거든. 의식이 필요해.

- 생텍쥐페리, 『어린 왕자』 중

똥줄이 타 버릴 듯 바쁜 나날을 여전히 보내고 있다. 일터와 서재의 일, 그리고 책을 읽고, 글을 쓰는 일. 여전히 일터는 나의 현실을 지탱해 주는 고마운 곳이고, 서재와 텃밭은 나의 꿈을 지지해 주는 행복한 곳이다. 식물과 교감하며, 자연과 나 사이를 문장을 통해 복기한다.

어느새 첫 수확이다. 모두들 자연친화적으로 변해 가고 있는 나를 신기해하며, 유기농 채소를 신나게 수확하고, 맛있게 먹었다. 걱정이 한 바가지나 되었던 고구마순들은 조만간 숲이 되겠다는 야심을 품기라도 한 듯, 모조리 단단하게 뿌리를 내리고 잘 자라 주었다. 너무 많이 자라서 작은 감자 모양의 고구마들을 수확할 수도 있겠지만, 그래도 괜찮다. 꼬챙이에 꿰어 겨울날 화톳불에 구워 먹으면 그것 또한 특별한 추억이 될 테니 말이다. 실수해도 괜찮다. 이 세상을 살아가는 80억 명 중 유일하게 자신만이 가진 특별한 경험이니 말이다.

> 저녁 때
> 돌아갈 집이 있다는 것
> 힘들 때
> 마음속으로 생각할 사람 있다는 것
>
> — 나태주, 「행복」 중

나태주 시인의 시처럼, 나 또한 저녁에 돌아갈 집이 있으며, 그립고 생각나는 사람이 있다. 그리고 외로울 때 읽을 책이 있고, 써 내려가는 나의 서사들이 있다. 행복은 돈이 많아서 불편함이 없다는 의미가 아니었다. 고요함 속에서 유지되는 만족스러운 마음이 행복인 것이다. 할 수 있는 일과 할 수 없는 일을 미리 나 스스로에게 재단해 두지 않으려 한다. 특히나 그것이 돈 때문이라면, 조금 더 벌고 조금 덜 쓰며 조금 더 몸과 마음을 쏟아부으면 되는 일이라 여긴다. 돈은 그저 나와 당신들을 조금 덜 불편하게 할 뿐, 우리의 삶을 결정지어 버리는 특별한 존재가 결코 될 수는 없다.

어느새 비가 그치고 창백한 노란빛의 태양이 하늘을 밝혔다. 비가 그친 후의 세상은 완벽하게 찬란했다. 돈은 있다가도 없고, 없다가도 있다. 그러니 그리 믿을 만한 존재는 못 되는 듯하다. 비가 그친 후의 맑은 하늘은 당신에게도, 나에게도 언제나 이렇게 공평하게 찾아온다. 그래서 오늘도 나는 못 먹어도 Go 한다.

늙어 갈수록 삶은 깊어지고

사라지지 않을 시간이 쌓여 가고 있었다.

비가 내리다 만 하늘에는 회색빛 구름이 자욱했고, 대지가 촉촉하게 젖어 들어 모종 심기에는 너무나도 좋은 날이었다. 그래서 나는 오늘도 모종 덕질을 하기 위해 집을 나섰다.

식물에 빠져 버린 요즘 나의 망막에는 식물들만이 선명하다. 20대와 30대 때에는 아저씨, 아줌마, 할아버지, 할머니들이 왜 그리도 만발한 꽃 아래에서 사진을 찍어 대고, 산 정상에 올라 등산복 차림의 엉거주춤한 모습으로 서서 두 주먹 불끈 쥐며 사진을 찍으시는지, 도무지 이해할 수가 없었다. 꽃들이 이리도 이쁜지, 작물들이 얼마나 기특한지, 나무들이 이토록 고결한지, 어느 것 하나 내 삶의 범주에서는 알 수 없는 일이었다. 자연은 중장년층들이 비어 있는 자신들의 시간을 채워 내는 방법이자, 습득해야만 하는 아이템이라 생각했다.

그러나 그건 나의 착각이었고, 오만이었다.

자연은 시간을 채우는 방법이 아니고, 오히려 시간을 만들어 가는 방법임을 이제서야 나는 조금씩 알 수 있었다. 지금 내가 그러하기 때문이었다. 하루 24시간이 부족한 나였지만, 자연이 손짓하면 그의 부름을 따라 달려갔고 나의 심장은 행동했다. 나뭇가지가 풍성해지고 작물들이 진한 녹색 빛을 띠며 꽃들이 활짝 미소 짓는 것을 바라보는 일이 왜 이리 황홀한지. 그동안 머리로만 보고 있었으니 그 아름다움이 이해가 안 됐고, 알 수 없었던 것이다.

삶은 시간이 흐를수록 내면의 폭과 깊이를 짙어지게 하는 선물을 우리에게 선사해 주는 것 같다. 죽음에 다가갈수록 존재와 삶의 새로운 의미를 발견하는 것인지도 모르겠다. 어느새 나도 중장년층의 반열에 올라 오늘을, 그리고 일상을 다정하게 매만지고 있다. 늙는다는 것은 물론 불편한 부분도 있지만, 좋은 점이 더 많을 수 있음을 요즘 새삼 깨닫고 있다. 듣지도, 보지도 못했고 생각해 보지도 않았으며 느끼지도 못했던 것들을 세월의 훈육을 통해 비로소 알게 되었다.

늙는다는 건, 영혼을 외부로 연결시키며 확장해 가는 일인지도 모르겠다. 그래서 난 조금은 느끼하지만, 글 쓰는 귀여운 책방 할아버지가 되고 싶다. 할머니들한테 인기 많은 할아버지 말이다. 어쩌면 '그리스인 조르바'는 중장년층이었을지도 모르겠다.

그래요. 보스는 이해하지요. 그런데 머리로만 이해하는 겁니다. 옳다, 그르다. 이런 방식, 저런 방식. 선, 악. 당신은 이렇게 이분법적으로 말해요. 하지만 그 결과가 어떤가요? 보스가 말하는 동안, 난, 당신의 팔이며, 발이며, 가슴을 관찰합니다. 그런데 그것들은 생명이 없는 것처럼 침묵을 지킵디다. 그러고도 이해한다고 말하죠. 무엇으로 이해하나요. 바로, 머리통이죠. 푸우!

- 카잔자키스, 『그리스인 조르바』 중

오늘도 머리통을 잠시 내려 두고, 소금기 가득

한 심장을 들고서 도라지와 더덕을 심었다. 꽃이나 작물을 선택할 때 특별한 기준은 없었지만 자기 팔을 자기가 흔드는 것이 가능한지 그리고 꽃이 피어나는지 여부를 가열차게 살펴보았다. 꽃이 예쁜지 안 예쁜지, 열매가 달콤한지 씁쓸한지 등은 사실 관심 밖의 일이었다.

그저 잡초랑 맞짱 떠서 살아남고, 한겨울 추위에도 태평스럽게 쿨쿨 겨울잠을 잘 수 있으며, 물이나 양분도 뿌리를 슬금슬금 옆 동네로 뻗어 스스로 빨아 먹을 줄 아는 딸기 같은 '다년생 노지월동 식물'인지가 나의 주된 관심사였다.

사실 매년 삽질과 곡괭이질로 내 등골이 정말로 휘어 버릴까 겁나기도 했고, 언젠가는 똥줄이 정말 빠져 버릴지도 모를 일이기 때문이었다. 한번 빠지면 반복된다 하니 조심해야 했다. 그렇다고 그들을 전혀 보살펴 주지 않으면 안 되었다. 다소 과하거나 부족한 보살핌의 손길이 느껴지면, 그들은 즉시 옆 동네로 뻗었던 팔부터 노랗거나 빨갛게 변하면서 버럭버럭 소리를 질러 댔다. 성깔머리가 다소 사나웠지만 사랑스러운 녀석들이었다.

도라지와 더덕 또한 '다년생 노지월동 식물'이다. 그에 더해서 그들은 꽃마저도 황홀하게 피워 내는 나의 최애 작물이다. 도라지꽃은 영원한 사랑이라는 이름을 가진 꽃말처럼 어여쁘기까지 하고, 더덕은 도라지보다 향이 훨씬 짙은 다년생 구근 작물이다. 성실과 감사라는 더덕의 꽃말답게 더덕을 수확하는 일은 땅에 엎드려 하늘에 감사할 일이다.

심은 지 이 년 정도가 지나면, 캐어 낸 더덕과 도라지를 들고서 술을 담글 것이다. 반짝이는 별이 수놓인 밤하늘 아래에서 평상에 앉아 좋은 이와 대작하는 일은 상상만으로도 심장을 벅차오르게 했고, 깊어 갈 나의 세월을 기다려지게 했다. 도라지와 더덕이 너무나 좋은 나머지 인삼도 기웃거리는 나를 보며 늙어 가는 내가 우스웠지만 꽤나 만족스러웠다.

다년생 작물 그리고 나무들과 함께 지금 나는 알레그로의 박자에 맞추어 대환장 파티를 치르고 있고, 파티가 끝나는 적요의 시간이 찾아오면 그들과 함께 안단테의 리듬에 맞추어 책을 읽으며 문장을 이어 갈 것이다. 삶은 그렇게 얼마 되지 않는 온화함을 나에게 언약하고 있다.

도라지와 더덕 모종은 한 개당 400원에서 500원 정도였다. 생명에 가격을 책정하는 일은 썩 달가운 일은 아니었지만, 그들의 무게는 결코 가볍지 않았다. 덕질에 빠진 나는 또다시 일을 저지르고야 말았다. 도라지 100개, 더덕 100개. 총 10만 원을 지출했고 지갑은 가벼워졌으나 두려움은 다시 무겁게 쌓였다. 하지만 나무며, 고구마며, 옥수수를 키워 낸 나의 농사 레벨과 이두와 삼두의 존재감은 한층 업그레이드되었을 테니, 스타트 버튼을 조금은 더 쉽게 눌러 보았다.

결국 나의 자만이 대환장 파티를 다시 만들고야 말았다. 나의 허리와 허벅지는 아직 준비가 덜되어 있었고, 두려움에 떨던 이두와 삼두는 그날 모르쇠로 일관했다. 정말이지 무언가를 지릴 것만 같았고, 밤하늘에 소리를 지르고만 싶었다. 뻐꾸기만이 나의 고통을 이해한다는 듯, 대신 소리를 질러 주었다. 구근식물들은 뿌리를 곧게 잘 내려야 하고 그래서 두둑이 일반 작물보다 높아야 한다. 두둑을 높게 만들수록 나의 영혼은 땅으로 내려앉았고, 나는 생과 사를 넘나들었다. 200개의 생명을 짊어지는 일은 '아틀라스의 형벌' 같았다. 다른 점이 있다면 내가 자발적으로 선택했다는 것. 따라서 형벌이 아니라 행복이라 읽어야 했다.

모종을 심는 일은 고요한 풀멍의 시간을 나에게 가져다주었고, 일을 마친 후에는 충만함을 안겨 주었다. 그랬다. 돈으로 행복을 살 수는 없겠지만 식물을 사서 행복을 심고 길러 낼 수는 있었다. 가벼워진 지갑과는 비교할 수 없는 행복의 무게감을 주는 그들의 가치는 너무나 특별하면서도 무거웠다.

행복은 우리가 그저 지나치고 흘려 버리는 단순한 것에서조차도 발견할 수 있고 만져 볼 수 있으며 도처에 산재해 있다. 단지 그걸 알아볼 우리의 시선이 자주 닫혀 있을 뿐이다.

행복이란 포도주 한잔, 밤 한 알, 허름한 화덕, 바닷소리처럼 참으로 단순하고, 소박한 것이라는 생각이 들었다. 필요한 건, 그것뿐이었다.

- 카잔자키스, 『그리스인 조르바』 중

살짜쿵 책방러

그동안 나는 치열하고 숨 가쁘게 사느라 현실에 도움이 되지 않는 일에는 어떤 관심도, 조금의 애정도 갖지 못했다. 하지만 자연을 알아 가는 요즘에는 보폭을 좀 더 좁히고 속도를 조금 더 늦추었더니, 보이지 않던 것들이 보이기 시작했다. 그들은 이유 없는 행복과 자유를 나에게 선물해 주었다.

자연은 느리게 변하기에 알아차리기 힘들지만, 그들 자신만의 속도에 맞추어 순간을, 일상을, 하루를, 그리고 삶을 질서정연하게 맞이하고 있었다. 느렸지만 결국 멋지게 싹을 틔워 내었고, 꽃을 피워 내었으며, 열매를 맺었다. 그리고 다시 굳건하게 흙으로 스며들어, 다가올 봄을 기다렸다.

그렇게 바라는 것 없이 타인과 비교하지 않고 충만한 삶을 그들은 살아가고 있었다. 타인보다 더 많이 갖지는 못하여도, 더 빠르지는 않더라도, 더 강할 수는 없더라도, 매 순간을 자신만의 선율을 따라 열심히 살아 내는 것만으로도 삶은 충분히 특별하고, 고귀할 수 있음을 그들은 알려 주었고, 나는 오늘도 배울 수 있었다. 나이가 들어 갈수록 그런 가치들이 더 잘 보이고, 느껴지기에 자연을 추앙하며, 겸손해지는 것인지도 모르겠다. 훗날 내가 일구어 갈 책방도 자연의 품에서, 세월의 흐름을 따라 안온하게 깊어질 것만 같다.

　나이가 드는 일은 영혼을 확장하며, 계산적인 속박으로부터 자유로워지는 온화한 변화인 것 같다. 당신도 오늘 느리고, 미세하지만, 하얀 눈꽃처럼 쌓인 작은 행복과 자유를 알아볼 수 있기를 바라본다. 그런 순간들이 모여 각자의 삶이 완성되니 말이다. 번져 가는 하얀 달무리 아래의 세상은 멈춘 듯했고, 모기향의 하얀 연기만이 시간의 흐름을 알려 주었다.

　사라지지 않을 시간들이 그렇게 조금씩 눈 내리듯 쌓여 갔다.

　참된 여행은 새로운 풍경을 찾은 게 아니라, 새로운 눈을 갖는 것이다.

- 마르셀 프루스트

참, 좋았노라고

개구리와 나란히 앉아, 황금빛 별밭을 올려다보았다.

아침 8시. 하늘에 걸린 회색빛 솜사탕들이 하늘과 태양을 가려 버렸지만, 녹아 버린 치즈처럼 끈적하게 늘어지는 가쁜 호흡이 내뱉어졌다. 그래서 세상만사 다 내려놓고, 가만히 천장을 보고 누워서 뒹굴거리고만 싶은 날이었다. 조금만 움직여도 내 몸은 아이스크림이 되어 녹아내릴 듯했지만, 서재터에서 무거운 더위와 묵묵히 투쟁하고 있을 반려식물들이 마음에 쓰여 달려가야만 했다. 잡초와 미완의 전쟁도 치러야 했고, 예쁜 과실들도 수확해야 했으며, 더운 여름, 초록이들이 지치지 않도록 보신용 퇴비도 듬뿍 주어야 했다. 이 많은 일들을 물기 가득한 뜨거운 대기에 갇혀 혼자서 해 나가야 한다는 건, 상상만으로도 나를 나자빠지게 했다.

그 순간 뽀얀 형광등 불빛이 밝혀지듯, 무임금 노동자 두 명이 떠올랐기에 서슴없이 그들을 섭외하기로 했다. 나를 낳아 준 무임금 노동자 두 명도 주말을 지루해하고 있을 거라고, 스스로 합리화하며 말을 건네었다.

"엄마, 야채 뜯으러 같이 갈래요? 소고기 사 드릴게. 아빠도 같이…."

내 손가락들은 쉴 새 없이 꼼지락거렸고 나의 오감은 잔뜩 날이 선 채 그들의 입술을 바라보며 대답을 기다렸다. 엄마와 아빠는 그러자며 선뜻 콜, 하셨다.

낚았다. 일꾼들이 생겼으니 계획을 키워야만 했다. 이런 기회는 자주 오지 않으니 철두철미하게 계획을 세우고, 차질 없이 추진해야 했다. 자갈도 흩뿌리고, 울타리도 세우고, 가시오이의 지지대가 되어 줄 흰색 아치도 이 기회에 조립해서 설치하고야 말겠다는 의욕을 불태웠다. 내 몸은 활활 타올랐고, 마음은 세상을 집어삼킬 듯한 용호(龍虎)의 기세였다. 반짝이는 눈빛으로 구름 너머

살짜쿵 책방러

에 있을 파란 하늘을 바라보았다.

　　오전 10시. 우리는 서재터에 도착했다. 무임금 노동자 두 명에게 발 빠르게 목장갑을 챙겨 드리고 작업을 지시했다. 하지만 그들은 나의 말을 귓등으로도 듣지 않았다. 잘도 자랐네, 소리 지르고는 유유히 텃밭으로 자취를 감추었다. 그들은 작물을 수확하는 일에만 열을 올렸고, 자신들의 발끝에 걸리적거리는 잡초만을 덤으로 뽑아 낼 뿐이었다. 나의 손가락들은 다시금 까딱거렸고 입술은 달싹거렸지만, 아무런 말도 할 수 없었다. 무임금이기 때문이었다. 눈치를 살펴가며, 작업을 부탁해야 했다. 순간적인 감정으로 계획을 그르칠 수는 없었다. 먼저 소고기를 사 드린 후, 조금 선선해지면 다시 작업의 페달을 밟으면 된다며 타들어 가는 나의 마음을 다스렸다. 나의 야망은 무너지지 않는 아성이 되어 가고 있었다. 소고기를 빨리 사 드려야만 했다.

　　노릇노릇 구워진 소고기로 점심을 해결하고, 물방울이 송글송글 맺힌 까만 아메리카노를 사이좋게 마셨다. 작업을 위해 다시 복귀하였지만,

나를 낳아 준 무임금 노동자들은 밭일은 원래 한 두 시간만 하는 거라며, 있다 보자는 말을 남기고 흔적도 없이 사라져 버렸다. 수확의 기쁨을 실은 차량은 그렇게 점이 되다가 흩어졌고, 나의 아성은 결국 무너져 내렸다. 오늘 나의 등골이 휘다 못해 끊어지겠구나 생각하면서도, 웃음이 나며 행복했다.

그건 아마도 사랑하는 이들의 즐거워하는 모습이 나를 즐겁게 만들기 때문일 것이다.

그러고 보면 시골에서의 일상은 좋은 점들이 풍부했다. 우선, 피부가 고와졌다. 이틀 내지는 사흘에 한 번 서재터를 가꾸느라 삽질과 곡괭이질을 하다 보면, 흙먼지와 돌가루들이 나의 땀과 때론 콧물, 눈물에 혼합되어 자연 친화적인 머드팩이 되어 버리곤 했다. 농사일을 하다 보니 이젠 아무렇지 않게 손으로 대충 문지르고 닦아 내었고, 흙은 얼굴에 옅게 발려져 피부에 스며들었다. 언젠가는 자연으로 돌아갈 몸이었기에 미리 쌉쌀한 흙 맛을 보고 있는 것뿐이었다. 집에 돌아와 따듯한 물에 몸을 담그면 얼굴은 생선 비늘처럼 미끈

거렸고, 씻고 난 후에는 피부가 뽀송뽀송하고 부드러웠다. 개미가 미끄러질 것만 같은 윤기가 흘러넘쳤다. 건너편 할아버지는 비닐랩을 덮어쓴 것처럼 얼굴이 빤질거리셨고, 멀리서 바라보면 빠알갛게 잘 익은 사과가 떠올랐다. 시골에서 농사지으면 돈 써 가며 얼굴 마사지를 받을 필요가 없다. 흙 갈고 돌멩이 나르다 보면 피부는 스스로 유년으로 돌아갔다. 물론 과학적으로 입증된 것은 아니다.

시골에서는 삽질이든, 못질이든, 페인트칠이든, 무조건 직접 움직여야 했고, 아무것도 하지 않으면 살아갈 수 없었다. 그래서 근육량이 증가할 수밖에 없으며, 혈액순환은 막힘없이 이루어져 건강해졌다. 건너편 할아버지는 웃통을 벗고 일하셨고, 그럴 때면 그의 탄탄한 상반신에 나의 시선이 강탈당하곤 했다. 물론 일흔이나 되신 할아버지가 나의 취향인 건 단연코 아니다. 난 그저 그의 단단한 몸과 매끈한 살결에 감탄한 나머지 입을 벌린 채, 잠시 영혼이 이탈했을 뿐이다.

"몸이 어떻게 이리도 좋으세요?"

"하루 종일 농사짓는 게 다인 기라, 돈 주고 헬스장 이런 데 다닐 필요가 없어. 농사지으면 돼."

할아버지는 나의 느낌표와 물음표에 흥이 오르는 듯, 아이처럼 해맑아지며 연신 골든벨을 울려 대었다. 그리고 젊은 시절의 사랑 이야기까지 거슬러 올라갔다. 그는 그 후로 웃통을 더욱 성실하게 벗고 다녔고, 심지어는 농사일을 하지 않을 때도 위풍당당한 상의실종이셨다. 칭찬도 가끔은 역효과를 낸다. 나도 언젠가는 저런 몸이 되어 몸짱 할아버지가 될 수 있기를 소망해 본다.

인간의 근본은 농사였고, 농사의 근본은 삽질이다. 흙먼지는 들숨과 날숨을 통해 끊임없이 내 안에서 순환되었기에 철분과 단백질이 저절로 섭취되는 듯했다. 도심의 먼지와는 다른 순수한 흙먼지 입자 안에는 철분이 가득하다. 철분들은 노래를 부르며 나의 목구멍으로 들어와 나의 뼈와 하나가 되었고, 바디프로필이 환상이 아닌 현실로 실현될 수 있는 밑천이 되어 줄 것이다. 그리고 작은 날벌레들도 입안으로 잘못 날아들곤 했으니 모르긴 몰라도 수도 없이 삼켰을 거다. 날 것의 단

살짜쿵 책방러

백질을 삼키는 나에게 철분과 단백질 보충제는 필요 없을 듯했다.

물론, 이 또한 과학적으로 증명된 것인지는 알 수 없었다.

탁상머리 앞에서 하는 일들과는 달리, 실제로 손에 쥐어지는 아이템을 바로바로 획득할 수 있는 일은 논에 물을 대듯 조금씩 스스로에 대한 확신을 갖게 했다. 물론 수많은 고통을 경험해야 레벨업할 수 있었지만, 고통은 그만큼 나를 성장시켰다. 물을 주고, 거름을 뿌리고, 두둑을 쌓으면서 레벨업을 하면 상추와 배추, 방울토마토와 고추, 애플수박 등 다양한 작물들을 거머쥐고서 부자가 된 양 주변에 나누어 줄 수 있었다.

내 몸에 흡수된 아이템들은 건강한 세포로 재생산되어, 몸 구석구석으로 줄지어 걸어가서 건강을 책임져 주었다. 이 중 고추와 상추는 단연 가성비 갑인 작물이었다. 한 주에 한 번 수확할 때마다 고추는 항상 달려 있었고, 상추는 풍성했다. 그리고 손바닥만 한 애플수박은 참으로 깜찍하고도 달콤했다. 대파와 부추는 잘라 내면 금세 다시 자라나서 자신을 리필해 주는 친절하고도 고마운 작물이었다. 나를 살게끔 하는 살아 있는 아이템들을 난 꿀벌이 꿀을 모으듯 가질 수 있었다.

그리고 시골에서는 사소해 보이지만 신비로운 경험을 할 수 있었다. 상춧잎에 기대어 숨죽여 쉬고 있는 아기 청개구리, 가느다란 자작나무를 조금씩 기어오르는 반짝거리는 사마귀, 버들마편초 줄기에 기대어 잠든 검붉은 잠자리, 아기 고라니의 반짝이는 눈망울, 내 옆에 나란히 앉아 까만 밤의 별밭을 함께 바라보는 청개구리, 다양한 꽃과 나무들이 피고 지는 역동적인 순간들. 이러한 경험들을 세계 80억 명의 인구 중 얼마나 많은 이들이 누려 보았을까. 그건 정말이지, 경상도 사투리로 '쥑이는 광경'이었다.

생이 소멸하는 그 순간까지도 매만지고 싶은 감동적이고도, 경이로운 기억의 조각들이 나의 일부분에 자리했다.

시골에 사시는 할아버지와 할머니들이 불편하고 고단하며 조금은 지저분해 보이는 시골을 왜 애증하시는지, 지금의 나는 이해를 넘어 공감하고 있다. 매일을 나고 지며 변화하고 성장하는 자연의 품에 안겨 있으면, 삶에 대한 의지가 일었고, 내가 살아 있음을 느꼈다. 그들도, 나도 기억이 점멸하는 그 순간까지 생명의 역동적인 힘과 끊임없는 변화를 놓을 수 없기 때문일 것이다. 시골의 맛을 보지 못한 사람은 많겠지만, 한 번만 맛본 사람은 아마도 거의 없을 것이라 생각한다.

서재터 주변에는 네 가구가 살고 있다. 그들 모두 도시에서 생활하다가 여러 가지 사연으로 시골로 오신 분들이다. 그들의 사연은 저마다의 모습으로 다양한 감정을 낳았지만, 그들은 결코 현실을 회피하거나 삶에 대한 의욕을 버리고 시골로 향한 것이 아니었다. 그들은 매일을 극복해나갈 힘을 자연에서 얻으며 자신의 삶을 다시 건져 올리기 위해 시골을 선택한 것이었다. 나 또한 내가 시골에서 만들어 온 구불구불한 나만의 오솔길을 되돌아보며, 그리고 앞으로 만들어 갈 책방을 기웃거리며 이제는 말할 수 있을 듯하다.

이곳을 만나 참 좋았노라고 말이다.

그나저나 건너편 할아버지네 개가 오늘은 여

자친구까지 데리고 쫄래쫄래 다가왔다. 한껏 멋을 낸 까도남의 모습이었다. 날이 더워 할아버지가 늦게까지 주무시지 않으니 둘이서 마실을 나온 듯했다. 시고르자브종들은 도시의 개들이 인간과 살아가기 위해 강제되는 것들을 비껴간 삶을 살고 있었다. 목줄도 없이 둘은 슬금슬금 내 옆을 지나가 풀숲으로 들어가더니 사랑을 나누었다. 나는 눈알이 튀어나오다 못해 흘러내리는 것만 같았다. 눈이 마주쳐도 아랑곳하지 않는 그들을 보며, 민망한 나머지 내가 고개를 숙여야만 했다. 개가 사람의 속을 이렇게나 뒤집을 수 있다는 사실을 오늘에서야 알게 되었다. 난 숨죽인 채 얼음이 되어 사랑을 속삭이는 그들을 가만히 두어야만 했다.

정말이지, 너무나 더워 보였다. 잠시 후 그들은 기분이 좋은 듯, 당당하게 나와서는 나의 고구마 잎을 씹어 댔다. 나의 인내는 붉은 한계치에 이르렀고, 분노와 짜증이 밀려온 나머지 결국 그들에게 일갈하고야 말았다.

"저리 가…."

기어들어 가는 목소리로 말이다.

시골의 삶은 이렇게나 박력이 넘치고 좋은 것이었다.

아마 이게 인생일 거야. 숱한 절망, 그러나 그 순간에도 시간이 더 이상 같지 않은 아름다운 순간들이 있다고, 음악의 음들이 시간 속에 일종의 괄호를, 일종의 휴지(休止)를 만드는 것처럼, 여기인데도 저기를, '다시는' 안에 '늘'을 만드는 것처럼.

- 뮈리엘 바르베리, 『고슴도치의 우아함』 중

나는 결국 간택(揀擇)당했다

한 아이가 찾아왔다.

관통하는 빛들로 색깔이 구분되지 않는, 시월의 짙어 가는 어느 날이었다. 서재터로 들어서는 길목의 벚나무 아래에서 그가 서성이고 있었지만, 나는 그를 힐끔 바라보고는 이내 시선을 거두었다. 그의 까만 눈빛을 피하려 애써 얼굴을 책에 묻었으나, 가벼운 발걸음 소리가 내 귓불을 간지럽혔기에 문장들은 흐릿하기만 했고 이내 책을 덮어야만 했다.

그는 사라지지 않으려는 듯 서재터 주변을 살랑살랑 맴돌며 경치를 그리고 나를 둘러보았다. 그는 사뿐사뿐 발을 내딛었고 허공을 떠다니는 듯 흘러 다녔지만 그가 지나온 길은 그의 무게로 패여 있었다. 갈색과 흰색 털옷은 지나온 세월을 증명이라도 하는 듯 얼룩덜룩했지만, 그는 개의

치 않는 듯했고 나 또한 지저분하게 느껴지지는 않았다. 빤히 바라보는 그의 깊은 눈동자는 매혹적이었고, 선명한 곡선은 이 세상의 것이 아닌 듯했다. 단지 그의 미소가 슬퍼 보였다는 것만이 현실처럼 느껴진 유일한 것이었다.

그 아이는 그렇게 서재터 주변을 유유히 관찰하다가 자취를 감추었다. 나 또한 내가 해야 할 일들을 하며 시간을 매만졌다. 그 후로도 그 아이는 종종 서재터 주변을 사뿐히 걸으며 나의 시선을 간지럽혔다.

반짝거리는 입자들의 축복을 받은 아침 햇살이 하얀색 커튼 사이를 아낌없이 넘실거리다 나의 손등에 내려앉았다. 무거운 눈꺼풀을 두 손으로 들추면서 닦아낸 시야 앞에는 뽀얀 풍경 안에서 흐릿하게 더듬어지는 지금껏 본 적 없는 실루엣이 꿈처럼 놓여 있었다. 그 아이가 서재터 안에서 노닐고 있었다.

떨어진 낙엽들이 사락사락 소리를 내며 그의 발끝을 쫓고 있었고, 새들의 지저귐이 그를 인도했다. 가을 아침 햇살이 그의 털옷을 감싸 안으며 하얗게 물들이고 있었고, 투명한 가을 바람은 그의 허리선을 스쳐 나의 코를 자극했다. 사람의 것이 아닌 날것의 향은 은밀하고 매혹적이었다. 눈을 부비며 커피를 한 잔 만들어 덜 마른 아침 이슬이 촉촉하게 펼쳐진 평상으로 조심스레 몸을 내었다. 그 아이가 잠시 나를 빤히 쳐다보다가 촘촘하게 심어져 초록빛이 가득한 시금치 밭을 아무렇지 않게 거닐었고, 시간이 멈춘 찰나의 순간이 그와 나 사이를 비집고 들어왔다. 무의식적으로 뱉어 낸 기어들어 가는 나의 말은 때마침 들려오던 풍경소리에 가뭇없이 사라졌다.

"그러지 마… 그건 내 시금치인데…."

때마침 흩날리던 풍경 소리와 바람 소리 때문에 그가 듣지 못했을 거라는 생각을 머릿속에 주입시키며, 근원이 짚어지지 않는 안도감으로 나를 위로했다. 이곳에 자신만이 존재한다는 듯 그는 길게 자란 백일홍을 매만지며, 의자 위에 부드럽게 걸터앉아 자신을, 그리고 호수를 번갈아 바라보았다. 노란 머위꽃이 신기했는지 향을 맡으며 꽃을 만졌고, 체리세이지와 블루세이지를 오가며 색깔을 배우는 듯했다. 복숭아나무와 자두나무를 이리저리 흔들어 보고는 '이 나무는 뭐야?'라며 나에게 물었다. '그건 복숭아나무, 그건 자두나무. 다가오는 봄에 하얀빛과 분홍빛을 볼 수 있을 거야.' 그는 만족스러운 듯 서재터 이곳저곳에 자신의 흔적을 걸어 두었다. 그는 비록 평화로워 보였지만, 색깔을 배워 가는, 나무를 알아 가는 그가 나는 아팠다.

왜 아픈지를 그때의 나는 몰랐다.

어느새 나는 그를 기다리게 되었고, 그 아이가 좋아할 만한 먹을거리를 고르고 있었다. 단맛을 좋아할까, 아니 쌉쌀하고 고소한 맛, 아니야. 건강한 맛으로…. 단정하게 먹거리를 준비해 두고, 두근거리는 마음으로 갈대를 꺾어서는 아이에게 줄 선물을 준비했다. 가을의 볕이 길게 드리워진 서재터의 초입을 물끄러미 바라보았다. 그 너머에 윤슬이 부서지고 있었기에 초입의 사물들을 분간할 수는 없었지만, 나는 알 수 있었다. 아니, 온몸과 온 마음이 알려 주었다.

그 아이였다.

형체는 흐릿했지만 나의 심장은 형체를 압도하는 선명함을 알아보았고, 나의 시간을 뚫고서 그는 서서히 다가왔다. 아다지오의 음률에 맞추어 한 발, 또 한 발. 그렇게 그는 당당하게 땅을 내딛었다. 그의 춤사위를 따라 나는 무의식적으로 그를 향해 손을 뻗고 있었다. 그리고 어느새 그 아이에게 수줍음과 반가움을 전했다.

"어서 와. 보고 싶었어."

그 아이도 환하게 웃었지만 수줍은 듯 그 자리에 멈춰 서 있었다. 나는 그렇게 나의 세계에, 그 아이의 세계를 블랙홀처럼 빨아들였다. 그래서 나는 아팠던 것이다. 그 아이만 한 구멍을 내 심장에 박아 넣고 있었으니 말이다. 그 아이가 걸어온 세월도, 그 아이가 서 있는 현재도.

아이의 향기가 가을바람에 실려 왔다.

나는 아직도 인연과 운명이라는 말을 믿는다. 인연은 이유도, 원인도, 연유도 알 수 없이 찾아오는 듯했다. 그렇게 몸과 마음이 무장해제되어 다가오는 인과 연을 거부할 수 없었다. 무심하던 마음이 기적처럼 한 존재에 가닿아 신비로운 경험을 하고 때론 얼음처럼 굳어 버리기도, 때로는 따스한 물방울로 맺히기도 하는 시간을 만든다. 그리고 이미 자신의 세계로 들어와 버린 무언가를 어찌하지 못하고 또 어찌할 줄 몰라서 종종 후회를, 방황을, 슬픔을 감내하게 된다. 그래서 인연을 맺는 일이 두려운 것이다.

하지만 인연을 받아들이는 그 순간은 기적이라 표현해야 할지도 모르겠다. 억겁의 시간을 지나 하나의 우주를 만나러 온 또 다른 우주가 아무런 이유도 없이 달려오지는 않았을 것이기 때문이다. 벗어날 수 없는 약속과도 같은 중력. 아니, 중력보다도 무겁게 서 있는 서로를 향한 이끌림을 우리는 '인연(因緣)'이라 부른다.

'인할 인과 연 연'

두 팔과 두 다리를 가득 벌려 자신의 공간을 정한 사람이 자신의 영역을 확장해 나가려는 '인', 이것이 관계의 씨앗으로 뿌려지고, 근원이 된다. 그리고 결과가 생기게 하는 조건인 '연', '가는 실멱(糸)'과 '판단할 단(彖)'이 합쳐진 '연'은 보이지 않는 실타래로 연결된 우리가 엮어진 씨줄과 날줄들을 점치며 서로를 더듬어 감을 보여 준다. '연'은 그래서 관계이다. '인'에는 설명할 수 없는 근원이 내포되어 있고, '연'에는 관계 맺기의 모습들이 새겨져 있다. 인연이 태어나면서 관계의 모습을 만들어 가고, 결국 그 끝에 하나의 운명이 자리한다. 자신이라는 운명이 말이다.

'운명(運命)'. '옮길 운(運)과 목숨 명(命)'.

삶을 옮기는 걸 운명이라 한다면 운명은 결국 정해진 것은 아닌 듯했다. '인'은 하늘이 만드는 것이고, '연'과 '운명'은 사람이 만드는 것이었다. 어찌할 수 없는 인은 받아들여야겠지만, 연과 운명은 내가 그려 갈 수 있는 것인지도 모르겠다.

무거운 운명의 바퀴를 나는, 당신은, 오늘도 옮긴다. 중력을 비웃으며 냉정하기만 한 시간과 세상은 그렇게 인연 앞에서 무릎을 꿇는다.

그 아이는 내가 준비한 먹을거리가 만족스러운 듯했다. 언제나 깨끗하게 비워진 은빛 그릇을 보고 있자면, 그 아이가 기특했고 다정했다. 오늘도 난 소금처럼 쏟아져 내리는 별빛 아래에서 그의 밥상을 준비했다. '묘연(猫緣)'은 어려운 일이라고 다들 말하던데, 어떠한 주저도 없이 받아들여지는 걸 보면 꼭 그러한 것만은 아닌 듯했다. 그 아이는 나를 간택했고 나는 그 아이를 인연이라 여겼다.

'간택(揀擇)', '가릴 간과 가릴 택' 가리고 가린 선택.

가리고 가린 선택이 나라 기뻤다. 선택된 기쁨은 사랑받는 행복이었다. 나를 알아봐 준 이 아이와 인과 연을 만들어 가려 한다. 그리고 그 끝에 나와 이 아이의 운명이 피어날 것이다. 보이지 않는 실타래로 얽히고설킨 나의 가장자리를 훑어가며 새들이 앉아 노래하는 늙은 아카시아 나무를 물끄러미 바라보았다. 아카시아 나무의 운명에 나의 운명을 비추어 닦아 내고, 닮아 갈 수 있기를 소망해 보았다. 나의 손길에 갸르릉거리며 몸을 부르르 떠는 이 아이의 품에 나를 깊숙이 밀어 넣는다. 나의 하늘이 이 아이의 하늘로 물들어 가기 시작했다.

어찌할 수 없는 인연은 그렇게 시작되었다.

나는 이 아이를 '보리'라 부른다.

그런데 이 아이는 이후로도 꾸준히 먹고 튀기만 했기에 이름을 '먹튀'라 지었어야 했다고 후회했다.

살짜쿵 책방러

당신은 삶에 무엇을 기대하는가

나는 사랑을 했고 꿈을 품었다.
그것으로 되었다.

새벽녘 창백한 안개가 자욱했지만, 그 너머 붉은 태양의 아우라는 안개마저도 주홍빛으로 물들였다. 자연이 그려 주는 이 세상에 단 하나밖에 없는 작품들을 보고 있노라면, 삶에 대한 경외가 보호를 받는 것만 같아 살아가고 싶은 의지가 충만해지곤 했다. 이런 황홀한 풍경을 보면, 왜 나에게만 이런 불행이 생길까라는 생각은 차마 떠올릴 수가 없었다.

사나운 장마를 견뎌 낸 가지와 오이들이 참으로 단단해 보였다. 가지와 오이를 살펴보며, 침묵 속에서 맡는 새벽 향기는 인간의 손과 발이 닿지 않은 미지의 순결한 냄새라 읊조렸다. 입을 벌리고 행복하다며 또박또박 소리 내어 발음하지 않을 수 없었다. 말 없는 말들이 얼마나 고귀한 것인지 자연을 통해 나는 여전히 알아 가고, 아마도 죽을 때까지 배워 가게 될 것이다. 지난겨울 굳어 버린 흙 속에서 얼어 죽지나 않았을까 걱정했던 더덕들은 삶을 향해 팔을 길게도 뻗치고, 어느새 종소리를 닮은 쌉쌀한 향기를 흘려 주고 있었다. 길었던 비바람에 이리저리 흔들렸지만 끝내 건강한 향기를 자명한 법칙처럼 바람에 실어 주었다. 더덕꽃의 향기를 크게 들이 쉬며 하루를 시작해 보았다. 연약한 일상을 다듬으며 순수한 자연을 만나게 될 한밤의 행복들을 또다시 기다린다. 그래서 오늘 하루도 힘을 낼 수 있겠다.

더덕꽃 하나에 무얼 그리 행복해할 수 있으며, 힘을 낼 수 있느냐고 누군가 물어 온다면 사실 나는 명확하게 답을 할 재간이 없었다. 많은 이들과 상담을 하다 보면 그중에는 평소 행복해 보이기만 했던 이들이 나름의 불행을 안고 살아가기도, 또 불행할 것이라 확신하였던 이들이 행복의 기운을 전하기도 한다는 걸 알게 된다. 행복한지, 불행한지는 스스로에 대한 인지적인 반응의 화학적 결과물인지도 모르겠다. 내가 대한민국의 이혼한 남자가 되어 버린 몇 년 전 그 시절, 나는 극도의 불안과 고통을 겪으며 왜 나에게 이런 일이 생기는 걸까라는 질문을 잠을 자면서도 천장에다 지껄여 대곤 했다. 날카로운 천장은 그저 나를 향해 쏟아져 내릴 뿐이었다. 고통스러웠다. 참으로 고통스러웠다.

이혼한 40대 남자라는 나의 외적 조건은 지금도 변함이 없지만 나는 더 이상 불행이 떠오르지 않는다. 오히려 이제는 행복해해도 되는 건지, 그래도 될 자격이 있는 건지를 간혹 의심하며 고개를 갸우뚱거린다. 그랬다. 주어진 외적 조건의 처연함을 인정하고 받아들이니, 더 이상 그것은 행복과 불행을 결정짓는 외부적 자극이 될 수 없었다. 불행의 본질은 대책없는 나의 집착이었다.

나의 오랜 지기 하나는 나에게 아무것도 하지 않으면 아무 일도 일어나지 않는다며, 인연을 만들지 말라는 충고를 가끔씩 했다. 또 어떤 이들은 자신에게 이런 일이 왜 생기는지 모르겠다는 말들을 하곤 했다. 나의 지기와 그들은 행복과 불행을 외부에서 주어지는 것이라 여기는 듯했다. 그들의 교집합은 단단하게 속박된 쇠사슬처럼 보였다. 나 또한 외부적 조건을 변화시킬 수 없었기에 스스로에 대해 체념하거나 스스로를 가벼이 여겼다. 삶이 깃털처럼 가벼워지니 흩어져 버릴 결심도 쉽게 잉태되는 것만 같았다. 그리고 어느 날 정말이지 사라져 버릴까 두려웠다.

타인의 행복과 불행의 기준을 감히 정의하려는 시도는 무례하고도 무의미한 일인 것 같다. 그것은 오로지 자신만이 할 수 있는 일이니 말이다. 그래서 사랑의 영역은 문학이, 행복의 영역은 종교나 철학이 주로 다루게 되는 것인지도 모르겠다.

텃밭에서 잘 익은 가지와 오이를 골라 보았다. 요즘 너무 덥다며 손사래 치던 친구가 갑자기 잡초 뽑는 일을 돕겠다고 방문을 선언했다. 비논리적이지만 웃음이 새어 나오는 그의 다정한 문장에 행복해졌다. 어떤 일이든, 어떤 인연이든 따뜻한 쪽으로 흘러갈 수 있도록 이제는 물길을 낼 수 있을 것만 같다.

당신, 저는 당신을 인간으로서의 의무를 다하지 않았다는 이유로 고발합니다. 사랑을 스쳐 지나가게 한 죄, 행복해야 할 의무를 소홀히 한 죄, 핑계와 편법과

살짜쿵 책방러

체념으로 살아온 죄로 당신이 죽어 마땅하다고 생각
합니다. 당신에게는 사형을 선고해야 마땅하지만, 고
독형을 선고합니다.

- 프랑수아즈 사강, 『브람스를 좋아하세요』 중

친구는 나의 서재에 토요일 오전 11시까지 오
겠다고 했다. 시간이 정해지면 무얼 준비해야 할
지 고민하면서 부산하게 움직이게 된다. 기쁘기
때문에 기다림은 시작된다. 어찌 보면 수고스럽
거나, 귀찮아 보일지도 모르는 기다림의 시간에
서 특별한 의미가 잉태된다. 오랜 지기의 말처럼
아무것도 하지 않으면 아무 일도 일어나지 않았
을 테니, 이 시간들도 가뭇없이 그저 흘러가 버렸
을지도 모르겠다.

행복은 생각보다 가까이에 있으나 우리는 그
걸 발견해서 오래 보고, 곁에 두려 하지는 않는 듯
하다. 시뻘건 눈을 부릅뜬 불행의 얼굴만을 되새
기길 반복하며, 열광하고 있는지도 모르겠다. 인
간의 비참함은 속수무책으로 다가오는 불행의 기
억들에서 후회와 집착에 감싸인 스스로를 구조하
지 못해서 생겨나는 듯하다.

지루하고도 지난했던 장맛비에 가지와 오이 일부가 다 자라지 못한 채 썩어 문드러졌지만, 묵묵히 견뎌 낸 가지와 오이로 친구에게도 행복을 전하겠다 마음을 먹는다. 친구를 위해 가지의 부드럽고 뽀얀 속살과 오이의 아삭함으로 가지 구이와 가지 튀김을 만들 것이다. 마트에서 이천 원이면 살 수 있는 것들과는 비교할 수가 없다. 맛도, 모양도 못생겼다고 누군가는 말할지 모르겠지만, 이들과 함께한 시간 속에 내가 웃고, 울었던 기억들이 깨끗한 물처럼 길어 올려지니, 그들은 너무나 특별한 것이 되었다.

　비록 소로의 월든 호수에 비할 바는 아니지만, 나에겐 이곳이 월든이다. 이곳에서 태어나 자라고, 다시 흙으로 돌아가는 순하고도 무해한 자연의 질서는 인간인 나에게는 깨끗한 행복과 사랑의 대상이다.

　평상에 누워 땅속 깊이 뿌리를 내리고 물을 끌어 올리는 감나무의 이야기를 가만히 듣는다. 감나무 가지 사이로 보이는 도타워지는 금빛 태양과 파란 하늘도 세어 본다. 눈을 감아도 여전히 보이는 빛은 강하고 따듯하며 단순하다. 자연의 단순한 가르침은 무엇과도 비교할 수 없는 경전이다. 사람들은 그런 하늘에게 행복하게 해달라며 빌거나, 불행하다며 원망과 푸념을 하곤 한다. 하늘은 억울하기도 하고, 부끄럽기도 하겠다는 생각을 해 본다. 이 계절에는 하늘 스스로도 하루에 몇 번씩이나 웃었다, 울었다를 반복해야 하는데, 사람들은 자신에게 책임을 떠넘기니 하늘은 얼마나 억울하겠는가. 그런 하늘이 참으로 안쓰러워 행복을 빌거나, 원망하기보다는 피어올랐다가, 흩어졌다 하는 하늘의 하얀 구름을 보며 참 예쁘다고 말해 주었다. 하늘도, 나도 행복해졌다. 구름이 내려 앉았다. 자꾸만 시계를 보게 되었다.

바다 풍경을 담은 스케치에는 황금 색조의 부드러운 느낌이 있고, 숲 그림은 어둡고 진지한 분위기를 띤다. 인생에 이 둘 모두 존재한다는 게 다행스럽다.

— 반 고흐, 『영혼의 편지』 중

친구가 마른 입술로 나타났기에, 입술을 꼭 깨물고 걱정스레 무슨 일이 있었는지 물어보았다. 팀장과 과장 때문에 요즘 출근하기가 싫다며 하소연을 길게 늘어놓았다. 그의 재잘거리는 소리를 들으며, 뜨락에서 따 온 가지를 다듬었다. 가지의 속은 너무나 부드러운데, 왜 이리도 날카로운 꼭지를 갖고 있을까. 손이 베일 만큼 모질게도 뾰족한 건, 아마도 스스로가 다칠까 두려웠기 때문인지도 모르겠다. 사람과 사람 사이에서 어정쩡하게 서 있다가, 태어나지도 않은 불행이 두려워 어느새 날카로운 마음으로 곤비함의 길을 걸었던 게 아닌가 스스로에게 질문해 보게 된다.

가지 구이를 위한 가지는 길고 얇게 자르고, 가지탕수를 위해서는 짧고 두껍게 잘랐다. 자른 가지에 소금을 뿌리고 놓아 두면 심연의 말과 울음을 쏟아 내듯, 물이 흥건하게 배어 올라온다. 가지에서 흘러나오는 물기를 수건으로 닦고 있자니, 가녀리고 연약한 마음으로 골수가 흔들릴 만큼 숨죽여 울던 그 시절이 떠올랐다.

"나쁜 사람들이네. 그런데 그 사람들 때문에 불행하다고 생각해? 그 사람들은 너에게 중요한 사람들이야?"

"하나도 안 불행하고, 조금도 안 중요해."

"그럼, 평상에서 책 보며 놀고 있어. 다 되어 간다."

친구는 나와 같은 직종의 일을 한다. 그는 책을 좋아하고 글을 참 잘 쓰기에 가끔 나는 그에게 샘을 내기도 한다. 요즘은 소설 쓰기를 연습 중이라 하는데, 나도 소설을 조금씩 끄적거리기에 걷는 거리에서, 견디는 일상에서 보고 듣고 겪는 인상 깊은 장면을 그 자리에 서서 기록하곤 했다. 그와 나는 바라보는 시선이 같아서인지 그와의 대화는 나를 충만하게 했다. 그와 있으면 시간의 흐름을 느끼지 못하곤 했다.

얼마 전 친구의 제안으로 친구와 함께 문예창작학과에 편입학 원서를 제출했다. 40대가 되었지만 꿈은 여전히 존재했고, 느리지만 조금씩 배워 갈 수 있어 기뻤다. 누군가에겐 전혀 흥미롭지도, 이해되지도 않는 일일 수 있지만, 떳떳하게 흐르는 강물이 되어 가는 듯한 기분이었다. 그리고 같은 동문이 되었다고 웃어 주는 친구가 있고, 입을 크게 벌리고는 멋지다 말해 주는 첫째 녀석이 있어 바다를 향해 흘러가는 길이 두렵지 않았다.

오랜만에 다녀가는 심장의 설렘과 어깨의 떨

림이 참으로 낯설기만 했다. 심연에서 웅크리고 앉아 있던 빡빡머리 꿈 많은 소년이 고개를 들고서 행복하다고 말했다. 행복이 뭐 별거 있겠는가. 그냥 좋아하는 걸 먹고, 그저 좋아하는 일을 하며, 이유 없이 좋은 사람을 만나는 것 아닐까. 하지만 이토록 간단한 일들을, 왜 이리도 멀리 두며 살아온 걸까. 좋았던 순간들을 호주머니 속에 오래 간직하고, 주어진 것들을 소중히 여기는 일이 내 삶에 대한 헌사일 것이다. 나는 살아간다.

튀김가루와 전분가루를 섞어 짧게 자른 가지에 빈틈없이 묻혀 주고, 식용유에 가지를 넣어 단단하게 튀겨 내었다. 여린 마음을 조금씩 견고하게 만들고자 글을 튀기기 시작했으나, 글은 어느새 삶을 강건하게 만들어 주고 있었다. 우리 헌법은 행복추구권을 선언했다. 나는 행복할 권리가 있을 뿐만 아니라, 행복하려 애써야 할 의무도 있는 것이다. 단 한 번밖에 없는 각자의 삶에 대한 작은 예의를 우리 헌법은 재창하고 있는 것이다. 프랑수아즈 사강의 『브람스를 좋아하세요』에서 주인공 폴이 시몽을 떠나보내고 사랑이 없는

일상으로 돌아가며, 혼잣말로 중얼거리던 문장이
떠올랐다.

'시몽, 이제 난 늙었어. 늙은 것 같아….'

세상에는 삶은 원래 그런 것이라며 불행한 상
황과 시들어 가는 시간에 순응하는 자들이 있는
가 하면, 저항하거나 최소한 반항하는 자들도 있
다. '왜 안 되지?'라는 의문을 던지며 상황과 시간
을 거스르고 도전하는 자들에 의해 세상은 더 나
은 쪽으로 흘러가는 것만 같았다. 친구는 별것 아
닌 재료로 만든 가지탕수에 무척이나 행복해했
다. 볼품없는 솜씨이지만, 새콤한 행복을 전할 수
있어 나도 행복했다. 미소한 행복이라도 행복을
전하려 할 때, 더 행복해진다는 말은 틀림없는 진
리인 것이다.

공자는 논어에서 애지욕기생(愛之欲基生)이라
했다. 무언가를 사랑하는 일은 나 자신을 살아가
게 하는 일이다. 나와 누군가를 사랑하고 꿈을 품
는 일. 어쩌면 삶이 나에게 허락해 주었고, 내가
삶에 기대할 수 있는 유일한 것인지도 모르겠다.

겨울이 다시 봄이 되는 과정은 평온하게 진행되지 않는다는 걸, 이젠 잘 알고 있다. 행복하기 위한 수많은 시도와 끊임없는 노력들이 필요하다. 우리에겐 체념할 권리 따위는 없다.

나는 삶에 무엇을 기대하는가.
나는 사랑을 했고 꿈을 품었다.
그것으로 되었다.

당신은 삶에 무엇을 기대하는가.

2장

종이와 책의 힘을 믿는
동네책방 이야기

꿈을 따라 걷는 길

강화책방 * 국자와 주걱

길은 기다림의 끝에서 이어질 것이다.

낮과 밤이 구분되지 않는 비 내리는 겨울의 대낮은 서글펐다. 서글픔을 뒤로하고서 분홍빛 꿈을 향해 나는 회색빛 도로 위를 달렸다. 지루하리만큼 가다 서다를 반복하던 도로 끝에서 바다의 짠 내가 차 안을 채워 나갔다. 강화 초지대교를 지나자 누워 있던 안개가 일어났고 강화도에 닿았다. 그리고 10분 정도를 더 달렸을까. 고불고불 좁은 시골길 끝에 분홍색 기와지붕이 물기를 머금은 채 고요하게 나를 반기고 있었다. '국자와 주걱'이라는 시골 책방이었다. 활자 가득한 종이 향이 공간을 넘어 나의 어깨에 손을 얹었다.

빗방울을 삼키며, "계십니까?"를 두 번, 아니 세 번 외쳤던가.

드르륵 미닫이문의 기지개와 함께 카랑카랑

하게 엮인 구성진 목소리가 들려왔다.

"여기예요. 경상도에서 오셨어요?"
"어떻게 아셨어요?"
"억양이 경상도 사람 같던데."
"네? 저 표준어 쓰지 않나요?"
"표준어요? 어딜 봐서…. 딱 들으니 경상도 사람이
던데. 이리로 들어와요."

두 사람의 웃음이 서까래를 따라 책방의 속뜰
로 흘렀고, 서고의 문장들은 음표가 되고 음악이
되었다. 그와 나 사이, 감정과 감정 사이, 그리고
문장과 문장 사이. 포근한 공간에서 만져지는 수
많은 사이들을 비집고 새어 나오는 사람의 향기
를 어찌 사랑하지 않을 수 있을까. 행간과 여백이
만들어 낸 그윽한 사이를 바라보았다. 공기는 따
뜻하며 순했고, 나는 살아 있었다. 푹 고아 낸 시
골 냄새가 지친 나의 발등을 감싸 주었고, 책방지
기님의 주름살 사이로 피어나는 고요의 향기가
먼지 입자들과 섞여 코끝에 닿았다. 고독을 필연
적으로 먹고 살아야 하는 게 글쟁이의 운명이라

면, '국자와 주걱'을 닮은 공간에서 나의 고독을 꺼내어 씹어 삼키고 싶었다.

새벽의 울음으로 깨어나 방문을 열어젖히면, 하얗게 쏟아지는 햇살 커튼 아래에 서 있는 엄마가 보였다. 엄마의 실루엣은 국자를 달그락거리며 미역국을 담고 하얀 쌀밥을 주걱으로 쓱쓱 떴다. '국자와 주걱'은 엄마의 실루엣이 전하는 너그러움과 부드러움을 고스란히 닮아 있었다.

책방지기님이 내주신 하얀 김이 모락모락 피어나는 까만 커피 한잔과 '요리'라 불리는 토실한 갈색빛 고양이의 부드러운 촉감은 시간을 잠시 멈추게 했다. 나의 심장 한켠에는 날개 하나가 삐죽이 자라나고 있었다. 시간조차 부복(俯伏)하는 '국자와 주걱'은 「긍정적인 밥」이라는 시로 유명한 강화도의 '함민복' 시인께서 지어 준 이름이라 했다. 자신의 시가 사람들에게 따뜻한 밥 한 그릇 될 수 있길 바란 시인의 고운 심성을 이곳은 태생적으로 담고 있었다. 미음자 형태의 한옥집에는 비움과 채움이 공존했다. 그리고 그 중심에는 사람과 문장이 있었다.

책방에는 환경, 여성, 인권, 글 등에 관한 책들이 서가와 낮은 목조 테이블에 가지런히 놓여 있었고, 나는 가만히 앉아 좋아하는 이미경 작가님의 『구멍가게, 오늘도 문 열었습니다』에 시선을 두었다. 사람의 눈빛과 손길로 가까이에서 삶을 나누는 구멍가게가 어쩌면 나와 같은 소시민들의 인생을 보듬어 주는 것이 아닐까 생각하며 동네 책방도, 동네 구멍가게도 나무처럼 굳건하길 바랐다. 날카로운 마음의 속박에서 벗어나 맞잡은 손안에서 봄은 언제나 피어났고, 구멍가게인 '국자와 주걱'에서 봄을 찾을 수 있었다. 작은 창밖의 옹기 너머로 여린 잎들이 조금씩 그늘을 드리우고 있었다.

내가 아는 한, 봄은 여린 것들로부터 시작되었고 겨울의 권세는 그들 앞에서 엎드렸다.

단정히 정렬한 서까래 아래 우리의 사이는 다정하게 마주했다. 귀여운 찰흙 소녀가 떠오르는 책방지기님은 2007년에 귀촌했고, 책이 좋아 결국 2016년에 책방을 펼치게 되었다. 펼쳐진 책방은 시작부터 사람과 삶, 사랑 이야기가 밤하늘의 별처럼 반짝거렸다. 북콘서트, 독서모임, 북스테이. 수많은 사람의 발걸음이 책방의 문지방을 넘어왔고, 수많은 인연들이 서까래에 각인되었다.

"사람들이 너무 많이 찾아와서 다른 곳으로 옮겨야 하나 생각 중이야. 작가님 계신 곳이 청도라 그랬나? 나도 그리로 갈까? 거기 사람들 많아?"

"대표님 오신다면야 저야 좋지요. 청도가 관광형 시골이다 보니 사람은 좀 북적거려요."

"그럼 안 되겠네. 전라도로 가 볼까."

"국자와 주걱은 여기 있어야만 할 것 같아요. 그냥, 언제까지나."

책방지기님의 까만 안경, 그 너머에 자리한 선명한 눈동자 그리고 찾아온 손님들에게 무뚝뚝한 듯하지만, 정겹게 내미는 손끝을 보고서 난 확신할 수 있었다. '국자와 주걱'에는 형체를 압도하는 아우라가 있었고, 자연과 사람이 함께 만들어 낸 동력이 있었다. 그렇기에 지치지 않고서 이곳을 지켜 나갈 것이었다.

"군고구마 통 너무 마음에 들어요."

"마음에 들면 작가님 가져가. 나는 이제 안 할란다."

"사람들 찾아오면 또 즐겁게 불 피우실 거면서."

"저녁이나 먹고 가. 겨울이라 먹을 건 별로 없지만."

"갈 길이 멀어서 다음에 오면 자고 갈게요. 대표님 전화번호 주실 수 있나요?"

"작가님 전화번호도 알려줘."

"다음에 또 오겠습니다."

밥을 권하던 책방지기님의 목소리는 절대적인 내 편처럼 들려 왔다.

그렇게 우리는 아쉬운 듯 반가운 듯 인사를 나누었고, 나는 다시 까만 도로 위를 달렸다. 그녀와 책방, 그리고 문장 사이에서 흘러나온 온도는 내가 그리는 꿈의 돛이 되어 까만 밤을 밀어내고 있었다. 밥 먹고 가라는 말씀이 귀에서 계속 맴돌았고 나도 누군가에게 하얀 쌀밥을 먹여 주고 싶었다. '말러 교향곡 5번 4악장' 아다지에토를 닮은 감미롭고도, 세밀한 아름다운 밤이었다.

차가운 겨울바람이 차창을 요란히도 두드렸지만, '국자와 주걱'이 남긴 지워지지 않을 흔적들이 있기에 봄을 품은 벚꽃을 떠올렸다. 누군가의 체온이 남은 여백은 언제나 따듯해서 포근한 여백에 나의 꿈을 누여 볼 수 있었다. 나의 남은 나날은 어디를 향하고 있을까. 무엇이 되었든 진정으로 중요하고 귀한 것들에 나의 시선이 머무르길 바라며, 오늘도 난 스탠드 조명 아래 펜을 걸어두고 가난한 나의 문장들을 한 줄 한 줄 끌어올린다. 황홀하게 번지는 달빛이 나의 문장을 조금씩 맛보며 곱게 삼켜 주었다. 인생의 어디 즈음에서 서성이고 있을 나는 사랑과 꿈이 있는 한 길을 잃고 헤매진 않을 듯했다.

'국자와 주걱'이 나의 시골 서재에 있는 감나무처럼 단단한 뿌리를 내린 채 영원히 그곳에서 나를 지켜봐 주길 바라 보았다.

이끌리듯 나는 따라갈 것이고, 길은 그렇게 운명처럼 이어질 것이다.

잘 가라며, 제 손을 맞잡은 투박한 손끝에선 강하고 단단한 삶이 전해졌습니다. 틈틈이 농사일도 하고,

한평생 가게를 지키며 부지런히 하루하루 살아왔던
시간을 아주머니의 손이 말해 주는 듯합니다.

- 이미경, 『구멍가게, 오늘도 문 열었습니다』 중

살짜쿵 책방러

다시 살아 내는 일

포항책방 * 리본

다시 살아 내는 것들은 죄다 아름다웠다.

어느새 겨울의 끝을 향해 달리고 있었다. 입춘을 지난 겨울밤의 산허리가 그윽한 달빛으로 물들고 깊은 밤의 흙은 유리 빛이 되어 반짝거렸다.

베어 물린 달이 가득 찬 달로 다시 태어나려할 때, 세상을 지배하던 겨울의 권세는 뉘엿뉘엿산 너머로 기울었다. 겨울과 봄이 서로의 손을 맞잡는 지금 이 순간 기적은 꽃이 되어 피어날 것이고, 그 찰나의 순간 모든 것은 다시 잉태된다. 캄캄한 우주 속에서 빛은 다시 살아 내기 위해 꿈틀거리는 것들을 강하게 감싸 안으려 달려와 주었고, 언제나 그러하였듯 허투루 오지 않았다. 당신과 나를, 그리고 세상을 품어 내려 그렇게나 애써날아드는 것이었다. 생명들은 한걸음에 달려와준 따뜻한 빛을 알아보았고 생을 의욕했다.

봄이었다. 다시 살아갈 이유였다.

봄의 호흡이 아직은 가냘펐지만, 포항 양덕동으로 향하는 나의 발걸음은 흐드러지게 흩날렸다. 가닿은 그곳에는 동화책을 뚫고 나온 듯한 보라색 출입문이 나를 반겼다.

문을 여는 순간 다시 살게 될 것만 같은 '리본책방'이 그곳에 있었다. 크리스마스 선물 포장을 위한 빨간색 리본이 아닌, 다시 태어난다는 '리본(reborn)'으로 읽힌 건 왜였을까. 자세히 보니 '책, 다시 태어나다.'라는 부제가 있었다. 중고 책만을 떠올린 나의 시선이 좁았음을 알게 되기까지 그리 오랜 시간이 필요하지 않았다.

창문 밖에서 기웃거리며 조심스레 안을 들여다보다 책방 문을 열고 들어갔다. 까만 고양이 한 마리가 까르르 하며 살방살방 다가와 주었고, 그와 나의 거리는 반갑게 좁혀졌다. 그의 한 발 한발은 어딘지 모르게 깊고도 묵직해 보였다.

"어서 오세요."

"안녕하세요. 고양이가 너무 예뻐요."

124   살짜쿵 책방러

"예쁘죠? 길고양이였는데, 앞을 잘 못 보길래 병원에 데려갔더니 한쪽은 실명했고 다른 한쪽은 어렴풋이 실루엣만 볼 수 있다 하네요. 사람들을 피했었는데 이젠 잘 다가가네요. 마음에 들었나 본데요?"

괜스레 처연함과 서러움이 얽히고설켜 나의 목을 짓눌렀기에 서가를 올려다보지 못했다. 끝간 데 없이 늘어진 까만 밤이 두려웠을 그 아이에게로 자꾸만 시선이 갔다. 책방지기님이 신경이 쓰이셨는지 말을 덧붙였다.

"이름은 콩알이에요. 안쓰러워 보이겠지만, 고양이는 현재를 살아갈 줄 알아요. 사랑하는 이가 곁에 있다면 보이지 않아도 냄새에 기뻐할 줄 알고, 소리에 설렐 줄 알고, 손길에 행복해할 줄 알아요. 기특하죠?"

"이름도 너무 예쁘네요. 대표님 방금 말씀이 오늘 듣고 본 문장 중에서 가장 아름답네요."

오늘이라 말했지만 사실 지금껏 듣고 읽고, 써본 문장 중에서 가장 아름답다고 전하고 싶었다.

그녀의 입속에서 생(生)이 아름답게 흘러나왔고, 그녀의 말은 울림이 되어 나의 심장에서 물처럼 흘렀다. 험한 세상 뒷걸음질만 치다 그 끝에서 자신에게 사랑을 쏟아 줄 이를 만났을 때, 콩알이는 살고 싶었을 거다. '콩알아. 콩알아.' 그 아이의 이름을 반복해 불렀던 건, 아마도 다시 태어나 꿋꿋이 살아낸다는 것, 그것 하나만으로도 그의 생이 숭고해 보였기 때문이었을 것이다.

책방의 서가는 하얀색 도화지에 그림을 그려 놓은 듯했다. 책방지기이자, 『쓰고 달콤하게』라는 에세이를 집필한 '문정민' 작가님을 닮은 듯했다. 널어 둔 하얀 이불 빨래 사이로 보이는 볕뉘처럼, 밝고 단아한 아름다움을 가진 책방의 첫 번째 방. 그곳에는 책방지기님이 꾹꾹 눌러 담은 쪽지 추천사가 빼곡히 붙어 있는 새 책들과 신간들이 단정하게 큐레이팅되어 있었다. 큐레이팅이라 쓰고, 사람과 책을 향한 그녀의 다정함이라 읽어야 옳을 듯했다.

내가 사랑하는 책. 로맹 가리의 『자기 앞의 생』이 일러스트판까지 나란히 놓여 있었기에 책

　　　　　　　살짜쿵 책방러

방지기님이 소중히 여기는 책임을 짐작할 수 있었다. 책 속 주인공 '모모'는 인생을 가르는 질문을 '하밀 할아버지'에게 하였다.

"사람은 사랑 없이도 살 수 있나요?"
"사람은 사랑 없이는 살 수 없단다."

하밀 할아버지의 대답이었다. 책방지기님이자 작가님은 '프로메테우스의 형벌'이라도 받듯, 결핵과 이혼, 그리고 국가로부터 지원을 받지 못하면 생계를 이어갈 수 없던 시절이 있었다. 하지만 그녀는 현실의 슬픔과 절망에 빠져 허우적거리거나 체념하지 않았다. 그랬다, 그녀를 다시 일으켜 세웠던 건 두 딸아이를 지켜 내려는 그녀의 사랑이었고, 책과 문장들이 그런 그녀를 지탱해 주었다. 그 누구도 정의할 수 없는 사랑은 그저 열거할 수 있을 뿐이고, 행동으로 보여지는 움직이는 문장들이었다. 그래서 사랑은 행동으로 말한다.

현재 그녀는 책방의 운영자이자 작가이며, '리본 커뮤니티 프로그램'의 운영자로서 서로를 이해하고 사랑하며 기대하는 사람들과 함께 성장을 꿈꾸며 앞으로 나아가고 있다. 그녀의 사랑이 지금의 그녀를 있게 했다. 그녀는 행동하였고, 앞으로도 행동할 것이다.

두 번째 공간은 책방지기님의 공간이자, 책을 읽을 수 있고 중고 서적들이 큐레이팅되어 있는 복합적인 방이었다. 기부받고 사들인 중고 책들에서 나무의 향기가 흘렀다. 빛바랜 종이에서는 견뎌 낸 세월과 그윽한 사람들이 파노라마처럼 나타났다가 사라졌다. 길게 늘어진 서가를 걸으며 하나하나 들추어 보자 나의 시골 서재도 공유 서가를 좀 더 풍성하게 만들어야겠다는 생각이 떠올랐다.

삶을 짊어지고 무거운 발걸음을 옮기다가 우연히 만난 노란 냉장고. 노란 냉장고의 문을 열면 종이가 된 나무의 향과 풀꽃의 향이 뒤섞여 잠시 쉬어 가라고 속삭여 주었다. 지금 우리에게 필요한 것은 자연과 여백의 공간인지도 모르겠다. 저마다의 사연으로 살아가는 사람들이 읽었던, 저마다의 이야기가 담긴 책들이 오롯이 공존하며 다시 살아가는 공간이 리본이었다.

리본의 세 번째 공간으로 좀 더 깊숙이 몸을

옮겼다. 그곳에는 독서 모임과 작가와의 만남 등
이 이루어지는 이음매가 있었다. 다양한 모임과
활동이 이루어지는 이곳은 리본이 되어 삶과 이
상, 자신과 타인, 침묵과 문장의 사이와 틈새를 연
결했다. 그것은 분명 생을 의욕함에 있어 선명한
끈이 될 듯했다.

"이렇게나 많이 사시는 거예요?"

"읽지 못한 책들이 너무 많아서 부끄러워요. 중고
책들도 너무 탐나서요, 꼭… 다시 살아가는 것만 같
아서. 작가님 책에는 사인도 좀 부탁드립니다."

"그럼요. 그리고 이건 저와 아이들이 만들고 그린
건데, 가져가시고 싶은 만큼 가져가세요."

"너무 예쁜데요. 감사합니다. 다음에 또 오겠습니
다, 작가님."

그렇게 다시 태어난 삶들을 뒤로하고 겨울의
꼬리를 아직은 놓지 못한 깊은 밤을 달빛과 함께
달렸다.

긴 밤이었지만 두렵지 않은 밤이었고 환한 밤
이었다.

길을 잃고 나서야, 다시 말하면 세상을 잃어버리고 나서야 비로소 우리는 자기 자신을 발견하기 시작하며 우리의 위치와 우리의 관계의 무한한 범위를 깨닫기 시작한다.

- 헨리 데이비드 소로, 『월든』 중

누구나 수도 없이 길을 돌아가거나 잃어버린다. 그러나 결국 그 길의 끝에 가닿을 수 있는 자는 자신뿐이다. 삶의 횡포에 도전하고 저항하는 용기는 자신을 향한 최소한의 헌사이다. 호수에 드리워진 달빛 기둥에서 처절하도록 아름답던 '콩알이'의 까만 별이 자꾸만 떠올라 눈에 밟혔다.

함께 견디어 내자며 삶을 의욕했던 나의 오늘을 가만히 닫으려 했지만 끝내 닫히지 않았다.

살짜쿵 책방러

당신의 19호실을 찾으셨나요?

창원책방 * 19호실

잠시 앉았다.
가야 할 길이 아직 많이 남았기 때문이다.

　겨울의 끝을 향하여 달리고 있다. 평일의 도로는 적요함이 내려앉아 겨울의 대낮과 작별을 고하기에 적절했다. 빛이 사위고 어둠을 뱉어 내면 한기는 드문드문 온기를 밀어내었다. 겨울은 미미하게나마 저항했으나, 봄의 선율은 흙의 속뜰에서부터 번져 갔다. 생명의 찬가는 이미 연주되고 있었다.

　겨울과 봄이 만나는 순간, 삶을 야무지게도 붙들고 있던 것들은 꽃이 되어 피어날 것이다. 구름언덕을 뚫고 대지에 꽂히는 햇발은 견뎌 내고 살아 낸 것들을 애달프게 쪼여 주고, 길고도 깊었던 겨울의 낮과 밤을 물릴 것이다. 찬미할 만한 햇살 아래 나를 잠시 놓아 두었다.

　다가오는 봄은 지나온 봄들과는 사뭇 달랐다.

길을 잃은 줄 알았던 나는 어느새 나의 길을 고요하게 걸으며 봄을 맞이하고 있었다. 몇 해 전의 이혼, 나를 닮은 듯한 방구석에 널브러진 소주병들 그리고 이어지는 불면의 밤은 대낮의 일터에서조차도 쿰쿰한 곰팡이 냄새를 피우기 시작했다. 불안의 서(序)는 펼쳐지고 있었고, 빠알갛게 눈을 부릅뜬 불안은 나의 등에 매달려 히죽거리며 어디든 따라가겠다 했다. 두려움과 서러움, 상실과 슬픔. 이런 형태를 알 수 없는 것들이 토해 낸 눈물은 정제되지 않은 채 바닷물처럼 짜기만 했다. 분노와 불안이 뒤섞인 배설물들은 일상을 화석으로 만들어 버리고 있었다.

글을 쓰기 위해 펜을 들었고, 땅을 갈기 위해 삽을 들었다. 그렇게 서재를 만들고 가꾸며 삶의 지층은 두터워졌다. 어느새 몇 번의 봄을 지나온 나는 하늘을 향해 팔을 뻗고 소나기 끝에 다가오는 무지개를 바라보듯 봄을 바라보고 있었다. 뜻밖의 선물처럼 일상으로 날아든 순한 기쁨들을 손에 쥐어 보았고, 현미경과 망원경으로 이리저리 일상을 들여다보며 소소한 행복들을 알아보았다. 삶이 허락하는 것들에 미리 벽을 세우지 않고,

사소한 희망이라도 쥐어 보려 애쓸 때 나의 우주는 조금씩 넓어졌다. 선택할 수 있는 기회도 자주 알아볼 수 있었다.

나만의 공간에서 오늘도 나는 삶의 영역을 확장해 가고 있었다. 나를 살리는 공간. 시골 서재는 나의 19호실이었다.

미래를 생각할 때, 또 앞으로 가능한 일들을 생각할 때, 우리는 앞쪽 방면으로 어느 정도 느슨하게 선을 그어놓지 말고 살아야 할 것이다. 우리의 윤곽을 희미하고 막연한 것으로 남겨두어야 할 것이다. 마치 우리의 그림자가 태양을 향해서 눈에 보이지 않게 땀을 흘리듯 말이다.

- 헨리 데이비드 소로, 『월든』 중

88세의 나이에 노벨문학상을 수상한 도리스 레싱의 「19호실로 가다」라는 단편소설에서 남편을 사랑해서 결혼한 수전의 이야기를 들을 수 있었다. 그녀는 네 아이의 양육을 도맡아 하며 아이들을 키우는 일에서 정체성을 찾으려 애썼다. 그러나 희미해지는 정체성과 선명해지는 공허함만이 남아 위험할 정도의 우울증에 시달린다. 남편의 외도를 짐작하면서도 입 밖으로 뱉어 내지 못했고, 남편과의 대화는 서로가 다름을 확인하는 도구에 불과했다. 수전은 치유하고 나아가기 위한 혼자만의 공간을 찾게 되었고, 그곳이 바로 낡은 호텔의 19호실이었다. 강요되는 역할들의 그림자에 불과했던 자신에서 탈피해 존재의 의미와 정체성을 찾아가는 수전은 철저하게 혼자이길 원했다. 그녀는 살기 위해 처절했다.

저는 몇 시간 동안 혼자 있고 싶어서 이 호텔을 찾아왔어요. 내가 있는 곳을 누구에게도 알리지 않고 혼자 있고 싶어서요.

- 도리스 레싱, 「19호실로 가다」 중

창원의 한적한 주택가에 위치한 '책방 19호실'은 어쩐지 「19호실로 가다」를 닮아 있었다. 경사진 주택가의 도로에 발을 단단히도 딛고서는 누군가의, 아니, 누군가를 위한 공간인 듯 사람을 기다리고 있었다. 입구에 들어서자, 봄을 닮은 환한 미소의 책방지기님이 반갑게 맞이해 주셨다. 봄이 안팎으로 밀려오는 것만 같았다.

어두운 녹색 빛 벽면으로 둘러싸인 우아한 서가가 내려다보고 있는 목조 테이블은 누군가의 이야기가 듣고 싶은 듯, 누구도 기억해 주지 않을 것만 같은 이야기가 궁금하다는 듯, 나를 지긋이 응시하고 있었다. 책방지기님이 직접 칠했다는 어두운 녹색 빛 벽면은 안으로 침잠하면서도, 부드럽고 아름다웠다. 수전의 빛깔인 듯, 아니, 마음 안에 한 소녀가 웅크리고 있는 이 시절 모든 엄마들의 색깔인 듯, 그렇게 감미로웠다.

"너무 예쁘고 우아합니다. 그런데 왜 19호실인 거죠?"

책방지기님은 전직 국어 교사였고, 2011년에 결혼한 후 남편을 따라 이곳 창원으로 오게 되었다고 했다. 10년의 결혼생활은 그녀에게 경력단절이라는 틈새를 만들어 버렸고 그녀는 삶의 사이에서 서성거렸지만, 생겨난 사이와 틈새는 말 없는 말만을 흘리고 있을 뿐이었다. 그럼에도 자신만의 19호실을 그리면서, 결국 2021년부터 책방을 운영하며 삶의 사이를 메우고 틈새를 이어 나갔다.

그랬다. 책방 19호실에는 「19호실로 가다」가 녹아들어 있었다.

"가계에는 전혀 부담되지 않도록 책방 안에서 발생하는 수익으로 비용을 감당하겠다고, 남편한테 약속했어요. 그런데 정말 겨우겨우 수입과 지출이 맞춰지는 거 있죠? 2021년 1월 1일의 신용카드 매출전표를 보았을 때, 너무 좋았어요."

신용카드 매출전표, 즉 자신을 사랑하고 꿈을 만져 보고자 떼어 낸 그녀의 한걸음이 그녀의 우주를 얼마나 많이 채워 나갔을지를 나는 느낄 수 있었다. 그건 살아 있다는 명징한 선언이었고, 앞으로 나아가리라는 단단한 다짐이었을 것이다. 하얀색 매출전표는 내가 처음 시골 서재에 심었던 백목련이 깊은 밤을 뚫고서 흰빛을 터트린 것과 닮아 있었다. 치유와 재생, 그리고 그 너머의 성장에 대한 확신은 두려움과 공허함이 만들어 낸 어떠한 찌꺼기조차도 허락하지 않는 깨끗한

살짜쿵 책방러

충만이었다.

　단절에서 연결은 자신에 대한 존중으로부터 발현되었다.

　책방지기님의 공간이 아기자기하게 예뻐서 사진 촬영을 부탁드렸더니 그녀는 널려 있던 그녀의 흔적들을 정리하느라 분주하게 움직였다. 그녀와 나 사이에서 봇물 터지듯 웃음이 흘렀다. 호흡은 달큰했기에 우리에게 더 필요한 것은 남아 있지 않았다. 책방지기님의 공간 옆에는 이슬아 작가님의 글쓰기 강의를 안내하는 보드 표지판이 서 있었다. 좋아하는 작가님이었기에 반가울 틈도 없이 입술이 먼저 움직였다. 책방지기님과 나 사이는 끈끈한 동지에게서 느낄 법한 동질감으로 그려진 말들이 채워 나갔다.

　"우와. 이슬아 작가님이 다녀가셨네요."

　"그날, 특강도 특강이었지만, 회원분들이 다들 흥분하셔서 사진 찍기 바빴어요."

　"글쓰기 모임도 여기서 하나 봐요?"

녹색 빛 벽면의 모퉁이에는 책방지기님의 감성 가득한 커튼이 드리워져 있었고, 그곳에는 모임 일정과 주제가 단정하게 적힌, 하얀 종이들이 기대어 있었다.

'화요시', '목요시', '토요문학'. 시와 문학이라는 언어만으로도 모임의 순수함이 짚어졌다. 독서 모임과 글쓰기 모임이 책방지기님의 19호실을 채우고 있었고, 19호실은 그녀의 정체성을 절대적으로 지지했다.

19호실의 그녀는 베어 물린 달을 지나, 어느새 차오르는 보름달을 닮아 가고 있었다.

"어머, 브런치 작가님이신 거예요? 저희는 브런치 공모전 할 때, 작가 승인부터 되려고 하는 집중적인 글쓰기 주간도 있어요. 우와, 부럽다! 지금 제가 너무 흥분한 것 같아요."

"전 이런 책방을 하는 게 꿈인데, 대표님을 보니 제가 더 부럽고 감동인데요?"

그녀는 봄의 하늘을 닮아 맑고, 밝았다. 타인의 마음을 햇살처럼 뽀송뽀송하게 말려 주는 건 어쩌면 우리의 입안에서 화수분처럼 살아 있는 배려의 문장들인지도 모르겠다. 그녀에게서 전해지는 문장의 온도 덕분에 나는 익어 가는 행복감을 안고서 사랑스러운 책들을 살펴보았다. 한켠에는 책방지기님께서 읽은 책을 무료로 나눠 주는 공간이 있었다. 책방지기님의 손때 묻은 책들을 한 권 한 권 살펴보며, 그녀의 마음과 삶을 더 듬거려 보았고, 좋아하는 김초혜 선생님의 시집인 『사랑굿』을 집어 들었다. 사랑굿. 상처받는 것을 허락하고서라도 끝끝내 사랑하며 살고 싶다는 소란스러운 굿은, 삶이 우리에게 허락한 유일한 축제인지도 모르겠다.

그대 내게 오지 않음은 만남이 싫어 아니라 / 떠남을 / 두려워함인 것을 압니다.

- 김초혜, 「사랑굿 1」 중

책방지기님은 예전에는 쪽지 추천사를 쓰셨지만 찾아온 이들의 선택에 영향을 미치게 될까 걱정되어 책에 담긴 어여쁜 문장들만 써 둔다고 했다. 그녀의 뜨락에 놓인 수많은 쪽지의 문장들에서 세심한 마음들이 싹을 틔웠다. 누군가에게 이곳이 19호실이 되기를 그리고 각자의 19호실을 찾기를 바라는 다정한 모습이었다.

"책이 출간되면 대표님 다시 찾아뵐게요."
"책이 잘되시면 좋겠어요. 궁금한 게 있으시면 언제든 연락 주시고, 꼭 다시 오세요."

재잘거리던 사물들이 나른하게 내려앉아 쉬어 가는 석양의 시간에 서서 '책방 19호실'과 골목들의 길어지는 그림자를 뒤로하였다. 책방지기님이 매일 드나들 이 골목들은 책방지기님을 위해서, 그리고 누군가를 위해서 언제까지나 있어 줄 것만 같았다.

나의 서재로 돌아와 나무에 물을 주며 그 너머의 숲을 보고, 다시 책을 펴고 저 멀리 하얀빛 가득한 달을 바라보았다. 나의 공간은 이들로 채워지며, 이들과 함께 확장되고 있었다. 자기 자신을 위로하고, 위안을 부여해 주는 치유의 공간, 자기만의 방이 당신과 나, 우리에게는 간절히도 필요했다.

언제나 후회는 더 사랑하지 못한 것에서 찾아와 창을 두드렸다. 가장 사랑해야 할 존재가 정작 자신이라는 사실을 우리는 영원히 망각한 채 살아가는 것인지도 모르겠다. 우리들의 삶에는 타인과는 나눌 수 없는 영역이 있기에 자신을 더 잘 돌볼 수 있도록, 더 사랑할 수 있도록 각자만의 공간으로 가끔은 뚜벅뚜벅 걸어 들어갈 수 있기를 바라 보았다. 그곳에 들어가 한 꺼풀, 또 한 꺼풀 벗겨 내면 또 다른 자신이 서성이고 있을 것이다.

꼭 안아 주어야 할 그토록이나 안쓰러운 자신이 말이다.

오늘도 나는 나의 시골 서재에 걸린 거울을 통해 나를 지긋이 응시했다. 얼굴이 거무스름하고 조금은 더 야윈 듯했지만, 살아 있었다. 거울 속 그를 사랑하고 싶었다.

빠알갛게 익어 가는 한밤의 숯불과 하얗게 번져 가는 달은 참으로 아름다웠다. 밤이 내려앉은 봄의 언저리에서 달빛이 햇살을 닮은 걸 보니, 이젠 길을 잃지는 않을 듯했다. 아니 길을 잃더라도 괜찮았다. 나에겐 19호실이 있었고, 나의 시골 서

재가 언젠가는 그 누군가의 19호실이 되리라는
희망이 있기 때문이었다.

그래서 잠시 앉았다. 가야 할 길이 아직 많이
남았기 때문이다.

나는 나의 진정한 자아로부터 솟아 나오는 것들을
따라서 인생을 살아보기를 원했다. 그것이 왜 그토록
어려웠을까?

- 헤르만 헤세, 『데미안』 중

살짜쿵 책방러

흙을 딛고서 존립하고

단양책방 * 새한서적

그해 봄이었다. 흙을 딛고서 나는 존립했다.

매일 마주하는 무색무취의 회색빛 건물과 꼬리를 물고 이어지는 차량의 섬광들 사이에서 나는 담배 연기처럼 희끄무레해져 갔다. 인위적으로 만들어 낸 고주파들이 나의 침묵과 심장을 가로지르고 파고들며 헤집어 놓았다. 그 시절의 나는 도시에서 직립 보행하는 것조차도 어려웠다. 무엇 하나 받아들여지지 않았고 그저 내쳐지기만 했던 그 시절의 나를 가까스로 일으켜 세웠던 건, 거친 문장과 너그러운 자연이었다.

나의 시골 서재를 마주하고 있는 호수에는 매일같이 한 낚시꾼이 찾아왔다. 낚시꾼은 한결같이 침묵과 세월을 건져 올렸지만, 그가 시간을 허비하고 있다 여겨지지 않았다. 그는 매일 흙을 딛고 표면을 가르는 윤슬을 바라보며 자신의 내면을 살피는 듯 보였다. 고요한 자연과 침묵하는 자아 사이에서 무한한 언어들이 생산되고 쌓여 나갔다. 그와 나의 주변을 둘러싼 자연이 잉태한 날것들과는 침묵의 언어로만 온전한 대화를 이어 갈 수 있었다.

맑고 투명한 자연과의 대화는 숱한 올실과 날실들이 거미줄처럼 진을 쳐 버린 나의 감정과 생각들이 단정하게 머물 수 있도록 해 주었다. 낡고 해진 마음에 새 옷을 입혔고, 청각과 시각, 후각과 촉각 그 모든 감각들은 마치 방금 태어난 아이처럼 거침없이 주변을 더듬었다. 자연은 칠흑 같은 어둠 속에 가라앉은 비밀과 감정을 건져 올려 이리저리 살펴보게 했고, 이해와 치유, 존립과 보행을 할 수 있게 했다. 자연은 가장 오래된 경전이었다.

우리는 왜 이처럼 인생을 허비하면서 허겁지겁 살아갈까? 배가 고프기도 전에 굶어 죽을 각오를 하는 것 같다. 우리는 제때의 바늘 한 땀이 나중에 아홉 땀을 던다고 말하면서, 어리석게도 내일의 아홉 땀을 덜

기 위해, 오늘 천 땀의 바느질을 한다.

- 헨리 데이비드 소로, 『월든』 중

책의 언어와 나무의 말로 삶의 이야기를 부드
럽게 이어 가는 단양의 '새한서적'은 가장 닮고 싶
은 책방이었기에 매년 들여다보았다. 단양 현곡
마을에 있는 나지막한 뒷산의 고요한 숲속에서
세월의 퇴적층을 따라 쌓인 책들을 만날 수 있었
다. 시계 바늘을 따라 1분 아니, 1초 단위로 평가
되는 시간과 마른 입 속에서 쏟아지는 건조한 말
들을 뒤로한 '새한서적'의 침묵은 물기 어린 완전
한 자유였다. 그건 소로가 『월든』에서 말한 자아
에 좀 더 가까워지려는 집중과 고독의 자발적 은
둔인 듯했다.

좁은 시골길의 자국눈을 따라 이끌리듯 걸어
가다 보면, 점처럼 보이는 파란색 지붕이 점차 햇
살 아래에서 아롱거리는 바다의 표면이 되어 흐
르고 있는 풍경이 보인다. 차가운 겨울의 호흡을
따라 피어난 양철 굴뚝의 하얀 연기는 차마 말하
지 못한 찌꺼기들을 하늘로 날려 보내는 듯했고,
그저 하얀 연기의 몸짓들로 삶이 흐르고 있음을

알려 주는 듯했다. 이리저리 덧댄 노란색 나무 난간의 거친 껍질은 동화 속에 잠들어 있는 오두막으로의 황홀한 초대였다.

세월의 기침을 온몸으로 받아 낸 듯, 듬성듬성 패인 빛바랜 갈색 미닫이 나무 문. 문이 열리자 어릴 적 할머니 집에서나 맡을 수 있었던 밥 짓는 냄새와 장작 타는 냄새가 섞인 쌉쌀하고도 그윽한 향기가 코끝을 간지럽혔다.

입구에 들어서자 '인생샷 말고, 인생책 고르시길'이라는 다소 투박해 보이지만, 결코 투박하지 않은 문장에 마음이 가닿았다. 이 공간을 만들어 낸 책방지기 할아버지에게는 세상을 다 가진 듯 사랑했고, 좀 더 잘살아 보려고 힘내며 애태운, 사무치게 그리워할 시절이 있을 것이다. 아마도 할아버지의 손때 묻은 이 책들이 그의 삶을 대변하고, 그의 흔적을 명징하게 남기지 않을까. 인생책이란 그런 것이었다.

'새한서적'의 주인장 할아버지는 1979년에 서울 잠실 일대에서 좌판으로 책을 팔다가 고려대학교 앞에 정착해 헌책방을 운영하셨다. 이후 고향인 제천으로 가려 했으나, 수많은 책들로 인해 결국 2009년, 이곳에서 책방을 운영하게 되었다. 침묵을 벗 삼아, 자연을 집 삼아, 수십 년 손때 묻은 책들과 살아낸 할아버지의 서사. 그리고 그의 12만여 권의 책들이 하늘과 바람과 별과 함께 시간이 멈춘 듯 흘러가고 있었다. 자연이라는 공간에서 그의 시간이 한 점으로 모인 듯한 책방은 신비로움과 경이로움에 이어 할아버지에게 어떤 사연이 있었는지, 얼마나 소중한 인연이 있었기에 이처럼 아름다운 책방을 지켜 낼 수 있었을까를 더듬거리게 했다.

지켜 냄의 속성에는 인간의 고뇌와 인내라는 태생적인 아름다움이 내재하는 듯했다.

파스텔색 천장으로 이루어진 1층에는 엽서, 수첩, 머그잔, 가방 등의 굿즈와 신간 서적이 가지런히 큐레이팅되어 있었다. 아마도 '새한서적'의 2호점인 '단양노트'를 운영하는 할아버지 자제분의 솜씨인 듯했다. 한 걸음 또 한 걸음 나의 흔적을 따라오는 낡은 마룻바닥의 삐걱거리는 소리가 천천히 둘러보라며 시간을 묶어 두고 있다. 한켠에는 책을 읽을 수 있는 낡은 가죽 쇼파와 오래된 테이블, 그리고 네 개의 나무 의자가 읽고 있는 자와 읽었던 자들의 흔적을 간직하고 있었다. 하얀 먼지 입자들의 사이로 보이는 신민규 시인의 시집에 시선이 멈추었다.

너는 내가 시간을 낭비하는 가장 아름다운 방식이었다.

나의 시간을 낭비하는 가장 아름다운 방식은 지금 이 순간이었다.

어느새 붙임성 있는 까아만 고양이 한 마리가 다가와 쇼파 위에 단정히 앉아 나지막하게 울었다. 이름이 '몽'이라 했던가. 비밀과 보물이 숨겨져 있을 것만 같은 아래층으로 내려가 무심해 보이지만, 자상한 책방 할아버지에게 다시 이름을 여쭤보았다. 시간의 간극이 그를 좀 더 쇠약하게 만든 듯 보였고, 돌아온 할아버지의 말씀이 흐릿했기에 무심코 희뿌연 창문을 관통하며 쏟아져 내리는 햇살과 겨울에 안녕을 고하는 창문 밖 생명들을 한참 동안 바라보았다. 꽃이 피고 지듯, 나무가 자라고 늙어 가듯, 자연의 흐름 안에서 할아버지의 몸은 쇠약해지고 있었으나, 그는 오히려 평온해 보였다. 모든 것을 다 알고 있다는 듯 이해한다는 듯 그리고 괜찮다는 듯, 말 없는 그의 입술은 침묵으로 말했다.

"할아버지, 커피 한 잔만 마셔도 되나요?"

몇 번의 만남 덕에 그와 나 사이가 조금은 좁아져 있었다. 말 없는 믹스커피가 그와 나 사이를 달큰하게 홀짝거렸다. 한지에 까만 먹물이 여백을 남기고 번지듯, 계절과 계절, 사람과 사람, 감정과 감정에, 작은 사이를 남기며 천천히 함께 늙어 가고 싶었다. 헤르만 헤세의 『정원 일의 즐거움』을 '새한서적'의 오래된 서가에서 얻었다. 빛바랜 책 표지에서 발견한, 헤르만 헤세의 늙었지만 살아 있는 미소가, 나는 갖고 싶었다.

할아버지가 머무는 공간을 지나면, 수많은 이들이 디뎠을 흙바닥 위에 나무로 얽히고설켜 길게 늘어진 서가가 보였다. 전체 서점 부지는 3,470평, 책방의 면적은 400평 정도였으나 나무들의 숲은 경계가 없었다. 영원을 깔아 놓은 듯한 공간과 시간. 이 모두는 자연의 축복이고, 삶의 선물이었기에, 할아버지를 향한 부러움으로 기록할 수밖에 없었다. 70m 정도 되어 보이는 긴 서고를 흙과 습, 그리고 종이의 냄새를 따라 걸어 보았다. 그곳에는 낡은 창으로 스며드는 햇볕에 그을리고, 달빛을 머금는 일을 반복해 왔을 종이들이 결코 사라지지 않을 말들을 떨어뜨리고 있었다.

　서가에는 오래된 전문 서적부터 문학과 잡지, 그리고 만화책까지, 수많은 책이 반짝거리는 흙먼지와 함께 다시 펼쳐지길 기다리고 있었다. 한때 내 영혼의 일부를 내어 주었던 만화책을 서가의 끝에서 만났기에 그 시절을 곱씹어 보았다. 20여 년도 더 된 만화에 우리가 열광하는 것은, 어쩌면 그 시절에 차마 데려오지 못한 자신이 남아 있기 때문일 것이다.

　숲과 연결된 낡은 쪽문을 밀어 밖으로 나오니, 숲의 소리가 들려왔다. 까치와 까마귀 소리, 나무들이 사각거리는 소리, 바람의 소리. 문 안과 밖의 경계는 무의미했고, 책방은 자연의 일부였다. 쪽문 옆에 놓인 낡고, 빛바랜 평상은 영화 <내부자들>의 촬영지이기도 했다.

나의 시골 서재에서 평상에 누워 밤하늘을 올려다보고 있노라면, 수많은 빛들이 쏟아져 내렸다. 그러면 우주의 광활함에 물수제비처럼 마음을 꿰뚫는 감정의 파문이 일어나곤 하였다. 평상은 자연과 나 사이, 나와 타자 사이, 문장과 문장 사이의 경계를 허물거나 희석시키며, 영역과 영혼을 확장시켜 주었다.

노을빛이 깜부기 불처럼 깜박거리기에 '새한서적'을 뒤로하고, 번져 가는 석양을 따라 다시 길을 나섰다. 예전에 방문했을 때, 말 없던 할아버지께서 계곡물에 발 담궜다 가라며 손짓하셨던 기억이 떠올랐다. 묵직한 침묵을 뚫고 나온 말이었기에 무척이나 그 문장과 그 시절이 그리웠다. 부디 건강하시라는 마음을 흙에 새겨 두었다.

우리 삶은 강물과도 같다. 올해는 과거 어느 때보다 수위가 높아져 메마른 고지대까지 강물이 범람할 수 있다.

- 헨리 데이비드 소로, 『월든』 중

　나무를 심고 흙을 돋우며 열매를 수확하면서
자연과 나누었던 침묵의 대화는 수많은 근본적인
질문들을 생산해 주었고, 이에 대답하기 위해 사
색과 사유의 과정을 필연적으로 거쳐야만 했다.
계절마다 꽃잎과 나뭇잎 하나씩을 떨어뜨리며,
그렇게 떨어지는 잎새들처럼 감정의 배설물은 씻
겨 나갔고, 고요한 마음이 조금씩 자리하여 갔다.
텃밭에는 겨울을 이겨 낸 시금치가 파릇하게 얼
굴을 내밀었고, 흙 곳곳에 새순들이 마알갛게 피
어났다. 자연은 이미 봄이 와 있었지만, 오늘도 봄
은 여전히 사람이 살아가는 세상의 이야기를 넘
어서지 못하는 듯했다. 여전히 사람들은 정치와
전염병, 전쟁의 말들로 겨울에 머물러야 했다.

　그럼에도 불구하고, 봄이 곁에 다가와 앉았고,
곧 겨울을 밀어 내리라는 것을 잘 알았기에 넘실
거릴 호수를 기대해 볼 수 있었다.

　봄이었다.

　　　　　　　　　살짜쿵 책방러

흙을 딛고서 나는, 다시 존립하고 보행할 것
이다.

달을 좇아, 문을 열고

문경책방 * 반달

매일의 문을 여는 손들은 시리도록 숭고했다.

발달 장애가 있는 듯한 열일곱 살 정도 되어 보이는 아이, 그리고 아이의 엄마로 보이는 여인. 두 사람은 서로를 놓치지 않으려는 듯 서로를 일으키려는 듯, 매일 두 손을 꼭 잡고서 지하철에 올랐다. 아이는 무언가를 털어 내려는 듯 두 손을 끊임없이 흔들었고, 그의 발은 의지가지없이 움직였다. 엄마는 지긋이 아이를 바라보았다. 엄마의 손톱달을 닮은 눈빛에는 두려움과 믿음이 뒤섞인 결연함이 흐르고 있었다. 사람들의 어깨가 조금씩 부딪혀 갈 무렵, 엄마는 아이에게 다정하게 말했다.

"아들, 엄마 어깨에 이제 손 올리자."

아이는 하릴없이 떨리던 양손을 엄마의 가냘픈 어깨 위에 가만히 올려 두었고, 유일하고도 절대적으로 자신을 향하고 있는 숭고한 우주를 꼭 움켜쥐었다. 아마도 아이와 엄마는 수도 없이 연습하고, 학습했을 것이다. 아이의 깜빡거리는 눈에 기쁨과 사랑을 전하려는 엄마의 간절한 눈빛은 찬란했지만, 꽉 깨문 윗니와 아랫니 사이로 비집고 흘러나오는 '걱정마.'라는 문장은 되레 엄마인 자신을 위하는 듯했다.

얼마나 지났을까. 엄마는 아이에게 잘 다녀오라며 가볍게 인사를 건네었고, 아이는 자신을 감싸 안은 우주에서 무겁게 손을 내리고, 한 발 또 한 발 지하철 문으로 다가갔다. 이윽고 문은 열렸고, 아이의 흔들리는 양손에는 용기가 만들어 낸 날개가 삐죽이 솟아올라 그를 이끌었다. 세상을 향한 묵직한 발걸음은 내딛어졌고, 닫힌 문 너머에서 그는 오롯이 혼자가 되었다.

엄마는 아이의 산만한 발걸음이 점이 되어 사라질 때까지 빤히 차창을 바라보았다. 아이의 일과가 끝나고 다시 만나는 순간까지 빠알갛게 부릅뜬 불안과 두려움을 응시하며 시간을 견뎌 내야 할 것이었다. 아이가 가닿는 곳까지 언제까지나 함께 걷고 싶을 테지만, 그럴 수 없음을, 아니, 그리해서는 안 됨을 잘 알고 있기에 그녀는 심장을 쥐어짜며 참아야만 했을 것이다. 뒤에서 바라보는 사랑은 그래서 처절하도록, 아름다웠다.

지하철 문이 열리고 아이와 엄마 앞에 무례한 세상이 펼쳐지면, 감히 가늠조차 할 수 없는 두려움과 용기가 수시로 서로를 넘나들며 의자를 바꿔 앉을 것이다. 지하철 문을 열고 나가는 것이 별 것 아닌 용기로 보일지도 모르겠지만, 적어도 나에겐 그들이 헤쳐 나가야만 하는 하루의 문이 열리는 것이었고, 그들 앞에 기다리고 있는 불확실한 하루를 마주하는 용기로 읽혔다. 그림책 속 몽글하고 아름다운 이야기들을 닮은 하루가 부디 그들 앞에 놓이길 바랐다. 지하철은 무심하게 일상의 터널로 달려갔다.

아릴지도 모를, 문을 여는 손들은 그래서 숭고했다.

눈꺼풀 위로 쏟아지는 하얀 빛을 따라 무거운 몸을 일으키자, 파란 하늘이 하얀 풍선껌을 불고 있었다. 풍선껌은 이내 솜사탕이 되어 세상을 달콤하게 변주했다. 봄이 온다는 걸 알려주고 싶었는지 아침부터 까치는 곰살맞게도 울어 대었고, 찬미할 만한 햇살은 동쪽으로 난 서재의 창을 통해 쏟아져 내렸다. 문을 열고 나갈 시간이었다. 그곳에는 나의 꿈이 자라고 있었다. 겨울을 이겨 낸 마늘과 시금치, 초록빛 새싹과 나무들, 그리고 책과 문장.

나에게도 청춘의 향기가 풍기던 시절이 있었다. 그 시절의 난 흔들리며 견디고, 뛰어다니며 살았으나, 어느 것 하나 이룬 건 없었다. 내세울 만한 것도 남아 있지 않았다. 그저 타인의 시선을 따라 평행선을 그리며 살아가길 바랐기에, 정작 가장 사랑해 주어야 할 내가 바라고, 좋아하는 것들에는 눈을 감은 채 살아왔다.

문을 열 용기가 없었던 그 시절의 나를, 나는 데려와 일으켰다. 그리고 조금씩 그 문 앞에 서서 기웃거리고 있었다. 늦어 버린 건 없고, 단지 '간절한 마음'만이 있을 뿐이었다. 청춘들이 짙은 마음을 담아 용기 내어 문을 열고 그들의 향기가 흐드러지게 피어나는 문경의 청년마을 '달빛탐사대'로 이끌리듯 나의 시간을 옮겼다.

앞으로 나의 길이 나를 어디로 끌고 갈까, 그 길은 괴상하게 나 있을 테지. 어쩌면 그 길은 꼬불꼬불한 길일지도 모르고, 어쩌면 그 길은 원형의 순환도로일지도 모르지. 나고 싶은 대로 나 있으래지. 그 길이 어떻게 나 있든 상관없이 나는 그 길을 가야지.

　　　　　　　　　　　- 헤르만 헤세, 『싯타르타』 중

'달빛탐사대'는 지속 가능한 삶의 방향을 실험하는 청년들을 위한 로컬 메이커 프로젝트로서, 청년들의 정착을 위해 문경시에서 지원하는 사업이었다.

'아이들의 그림책, 어른들의 그림책, 모두의 그림책'
　　　　　　　　　　　- '반달책방'의 현판

'반달책방'은 아이와 어른 모두의 꿈을 위한 공간이었고, 책방지기님 또한 달빛탐사대의 일원이었다. 그들은 달빛을 좇으며 곳곳에 산재한 희망이라는 문을 열어젖혔다. 문경읍 주택가에 위치한 오래된 상가주택이 마법처럼 책방이 되어 벚나무 두 그루 사이에서 반짝거리며 놓여 있었다. 왜 반달이었을까.

반달은 언젠가 보름달이 될 것을 믿으며 차오르길 기다리는 달이다. 그랬다, 반달은 꿈을 향해 묵묵하게 걸어가는 이를 닮아 아름다웠다. 반달이라 쓰고 희망이라 읽어 보았다. 바랄 '희(希)'와 바랄 '망(望)'.

간절히 바라는 것을 향해 뻗는 손이 어찌 아름답지 않을 수 있을까. '빨강머리 앤'이 손을 흔들어 줄 것만 같은 수레 자전거를 지나 반달책방의 파란색 문을 열어젖히자, '오즈의 마법사'가 되어, 작지만 그림책으로 가득한 순백의 공간으로 빨려 들어가게 되었다. 그곳에서 난 수많은 풀꽃과 나무, 귀여운 토끼와 강아지, 그리고 그들 사이에서 웃고, 우는 아이들과 어른들을 만날 수 있었다.

그림책 사이와 사이에서 햇살이 기지개를 켜며 부서져 내렸고, 순백의 이야기들은 왈츠를 추었다. 어릴 적 엄마의 무릎을 베고 부드러운 목소리를 따라가다가 까무룩 잠이 들었던 그림책. 그림책이 주는 위안은 어쩌면 다 커버린 지금의 나

에게, 어느 날 갑자기 어른이라 불리며 삶을 견뎌
야 했던 우리에게 절실히 필요한 것인지도 모르
겠다.

정면의 나무 선반들과 테이블에는 신간 그림
책들이 아기자기하게 큐레이팅되어 있었고, 책방
지기님의 귀여운 쪽지 추천사들도 볼 수 있었다.
내가 방문한 동네책방들은 공간도, 사물도, 사람
도, 그리고 그곳을 감싸 안은 공기마저도 다정했
다. 아마도 이것은 대형서점에서는 보기 어려운
가치인 듯했다.

서점의 훈훈함에는 기본적으로 책이라는 아날로그
한 사물이 지대한 영향을 미치지만, 서점 주인과 점
원, 그리고 애서가, 과장 조금 보태서 멸종위기에 있
는 이들이 대개는 괜찮은 사람들인 것도 한몫한다.
- 임경선, 『다정한 구원』 중

"여긴 언제부터 하셨어요? 너무 예뻐요."
"감사합니다. 2020년부터 지금까지 하고 있어요."
"시골에 오셔서 책방을 하시려고 한 건, 정말이지

어마어마한 용기인 것 같아요. 그래서 부러워요."

"손님이 한 분도 안 오시는 날도 있어서, 다른 일도 해야 해요. 이쪽 일을 하시는 분이세요?"

"지금은 아닌데, 언젠가는 해보고 싶어요. 대표님처럼 그때까지도 용기가 남아 있으면 좋겠어요. 문밖에 고양이가 왔어요. 기르시는 고양이예요?"

"길고양이인데, 제가 나타나면 저렇게 다가와요. 밥만 먹고 다시 가요."

"제 시골 서재 고양이도 먹고 튀어요. 먹을 때 말고는 코빼기도 안 보여요."

안경 너머로 보이는 그녀의 눈빛에서 자신만의 길을 걸어온 이의 삶의 흔적을 볼 수 있었다. 그녀는 진정 '그녀'가 되어 가는 듯했다. 도시에서 어린이집 교사로 일하다가 귀촌한 그녀는 좋아하는 그림책을 실컷 볼 수 있는 그림책 책방의 문을 열었다. 우리 생에 가장 빛나는 순간은 난폭한 삶을 향해 날갯짓을 할 때인지도 모르겠다. 귀여운 시골 책방 할머니가 되는 것이 꿈이라는 그녀에게서 하얀빛이 새어 나왔다. 같은 꿈을 가진 나와 그녀의 사이와 틈새를 서로를 향한 36.5°C의 응원으로 채울 수 있었다. 옥상달빛이 노래하고, 조원희 작가님이 그려 낸 그림책 『염소 4만원』과 미야자와 겐지의 시를 그린 『비에도 지지 않고』, 그리고 공광규 시인의 『흰 눈』을 그린 그림책을 담아 돌아왔다. 돌아와서 살펴보니 반달을 닮은 책방지기님의 꿈과 용기가 그림책들에 담겨 있었다.

종이 향기가 점차 사라져 가는 시절에 서서, 다녀온 책방마다 꽃잎을 하나하나 얹어 보았다. 1900년 정도의 역사를 품은 종이를 믿으며, 저마다의 달을 좇는 수많은 책방지기님들의 용기에도 별빛 한 줌 올려보았다.

헤밍웨이의 『노인과 바다』를 꺼내어 감잎차 한잔과 함께 독서등 아래로 데려갔다. 청새치에 대한 노인의 간절함은 그의 고독함과 외로움을 낚싯밥에 불과한 것으로 만들기에 충분했다. 그는 혼자서 바다를, 그리고 청새치를 바라보며 꿈을 꾸고 희망을 품었을 것이다. 삶에 의미를 부여해 나가는 그런 단단한 꿈을 말이다. 그래서 그는 패배하지 않았고, 그의 공간은 깨지지 않았다.

인간은 패배하도록 창조된 게 아니야. 인간은 파멸
당할 수 있을지는 몰라도 패배할 수는 없어.

- 헤밍웨이, 『노인과 바다』 중

단테의 『신곡』 '지옥편'에 등장하는 지옥문 입
구에는 "이곳에 들어오는 그대여, 모든 희망을 버
릴지어다."라는 문장이 새겨져 있다. 어쩌면 지옥
은 벌을 받는 곳이 아니라, 희망이 없는 곳인지도
모르겠다.

노인을 닮은 듯, 지하철의 아이와 엄마를 닮은
듯, 그리고 책방지기님을 닮은 듯한, 방 안 가득
한 감잎차의 향이 나의 신경세포들을 타고서 번
져 나갔다. 꿈, 희망, 용기. 이런 말들이 흐릿해져
만 가는 시절에서, 애써 외면하고 서글프게 잊은
달을 건져 올리는 수많은 이들의 이야기를 스탠
드 조명에 비추어 보았다. 거친 문장들로 엮어보
았다. 구름을 벗어난 반달은 서재를 말 없이 비추
고, 뻐꾸기는 날아올랐다.

문을 열고서 날아오르는 것들은 시리도록 찬
란했다.

사랑은 그곳에 남아

통영책방 * 봄날의 책방

그 시절 나는 사랑하는 사람이 있었다.

날카롭게 창문을 두드리던 영하의 겨울밤은 끝내 나의 창을 넘어 들지 못했고, 동살은 수줍게 시골 서재를 물들였다. 책들의 입자가 섞인 먼지가 빛의 흔적을 따라 흘렀고, 뭉근하게 피어나는 시골의 밥 짓는 냄새는 공기를 데웠다.

지나 버린 그해 겨울, 서글프게 나타났다 사라지던 그녀의 말들을 온전히 받아 내려 애썼던 초라한 나는, 어느새 나의 길을 걷고 있었다. 옅었던 찰나가 인연을 깊게도 패었고, 순간의 마음이 짙게 남아 구멍을 뚫었다. 목련처럼 피어났던 사랑은 끝내 벚꽃처럼 흩날렸지만, 아름다웠고 괜찮았다. 사랑했으니 행복했다.

그 시절 그녀와 나를 떠올릴 때면, 윤슬이 아름답던 통영의 바다가 보고 싶어진다. 난 사랑하

살짜쿵 책방러

는 통영의 바다를 향해 달렸다. 볕뉘가 운전대 위의 손에 가지런히 맺히고, 김동률의 <희망>이 차안을 고요하게 채웠다. 을씨년스러운 들녘은 뒤로, 또 그 뒤로 사라지고, 아롱진 도로는 앞으로, 또 그 앞으로 펼쳐졌다.

통영의 바다에는 문장과 문장, 사랑과 사랑 사이에 숨겨 둔 마음의 사금파리가 떠다니는 듯했다. 그곳에는 글과 함께, 한 시절을 살아 낸 많은 거목들의 자취가 곳곳에 걸려 있었고, 그 흔적들은 울었고 또 웃었다. 그저 나목(裸木)에 불과한 나는 그들의 흔적이라도 더듬거리며 주워 담아, 헐벗은 나를 덧대고 덧대어 감싸 주려 했다. 주워 담은 거목들의 껍질은 지금도 수많은 사람들에게 경외와 숭고함의 대상이 되었다. 이곳 통영에서 그들은 사랑을 했고, 별빛처럼 반짝이는 간절함을 문장에 새겼다. '사랑하는 것은 사랑을 받느니보다 행복하나니라'라 했던 청마 유치환은 애달픈 사랑을 담은 편지를 통영에서 써 내려갔다. 유치환이 세상을 떠난 후 편지의 주인공인 이영도 시인은 그의 편지를 엮어 『사랑하였으므로 행복하였네』라는 책을 출간하기도 했다.

'미역오리같이 말라서 굴 껍지처럼 말없이 사랑하다 죽는다'는 백석의 시 「통영」처럼, 그는 사랑하는 이를 만나기 위해 통영을 찾았지만 그의 간절한 사랑은 끝끝내 이루어지지 않았다. 박경리 선생님의 장엄하고도, 아름다운 『김약국의 딸들』은 그의 고향인 통영을 배경으로 집필되었다.

통영은 시인 김춘수, 작곡가 윤이상, 화가 전혁림 등의 고향이며, 통영에 반해 버린 정지용도, 유치환과 이룰 수 없는 사랑을 나눈 이영도 시인도 모두 통영을 사랑했다. 그 시절에는 부질없는 약속이었을지 몰라도, 지금 그들의 언어는 선연한 아름다움으로 남아 우리의 삶을 햇발처럼 비춰 주고 있다.

'버리고 갈 것만 남아서 참 홀가분하다.'는 박경리 선생님의 말씀처럼, 나 또한 잊지 못할 사랑과 아름다운 기억을 가진 채 생의 끝자락을 마주하고, 그렇게 서 있을 수 있기를 욕심내어 본다. 미미한 바람일지, 거대한 희망일지 아직은 알 수 없는 욕심들을 한없이 부족한 자격으로 가져 보았다.

바다의 진한 내음은 코끝에 머물렀고, 나의 영

혼은 사랑할 수 있어 행복했다.

문장과 사람, 그리고 사랑 사이에서 통영에는 아름다운 책방이 자리하고 있었다. 이름도 예쁜 '남해의 봄날'이라는 지역 출판사에서 운영하는 '봄날의 책방'으로 향했다.

> '봉수골 벚꽃 나무 아래 책방이 하나 있고, 그곳에 사람이 있네'
>
> - '봄날의 책방' 현판

38년 된 오래된 이층 주택이 동네책방으로 다시 태어난 이곳. '봄날의 책방'은 봄을 닮아 있었다. 파란 나무 문은 조심스레 열렸고, 종이와 나무의 냄새는 쏟아져 나왔다. 『젊은 베르테르의 슬픔』에 향기가 있다면, 아마도 이곳의 냄새와 닮았을 듯했다. 복도의 오른편에는 식물과 조경, 요리와 건강에 관한 책들이 정갈하게 놓인 '책 읽는 부엌'이라는 공간이 있었다. 부엌은 책방지기님의 달필로 쓰여진 메모와 초록빛 가득한 책들로 큐레이션되어 있었다.

새벽녘 잠시 잠깐, 자기만의 시간과 공간이었을 엄마의 서재. 그랬다. 부엌에는 엄마의 살림이 있었고, 삶이 있었고, 사랑이 있었다. 그리고 그걸, 우린 자주 잊었다.

책 읽는 부엌의 맞은편에는 '작가의 방'이라는 작은 공간이 있었다. 소담한 책상 하나와 박경리, 백석 등 통영을 사랑한 작가들의 휘발되지 않는 문장이 그곳에 잠들어 있었다. 위대한 작가들의 고뇌와 사색 또한 이처럼 소박하고, 단아한 공간에서 그 무엇보다 자유롭게 날아올랐을 것이다. 나 또한 나의 서재에서 그저 동쪽으로 난 창을 통해 벚나무 한 그루만 바라볼 수 있다면, 그리고 벚꽃잎 흩날림에 기다림과 그리움이 내려앉을 수만 있다면, 얼마 되지 않는 내 삶도 충분하지 않을까 생각하였다.

방을 나와 복도를 따라가면, 왼편에는 하얀 벽면의 '바다책방'과 책방지기님의 공간이 있었다. 통영에 대한 이야기, 그리고 여행 서적으로 채워진 서가에서 귀한 책들을 마음껏 담았다. 정영민 작가님의 『애틋한 사물들』이란 책에 마음

살짜쿵 책방러

이 닿았다.

정영민 작가님은 뇌병변 장애인으로 왼손이 부자유스러웠지만, 어린 시절부터 도전과 실패를 거듭한 끝에 지금은 일상생활에서 웬만한 사물들을 다룰 줄 알게 되었다. 어눌한 말은 그에게 글을 쓰게 했고, 그의 고행은 아름답고 투명한 결실을 뽑아냈다.

내가 무심하게 다루었던, 그래서 서럽게도 지워진 일상의 기억들을 다시금 펼쳐 보았다. 그들이 나에게 말을 걸어왔다. '우리가 있어 좋지 않냐고, 살아갈 만하지 않냐고.' 난 그렇다고 대답했다. 별것 아니라 여겨왔던 나의 일상을 빛나는 특별한 하루로 만들어 주는 것은 결국 그 별것 아니라 여긴 일상이었다.

내 서재의 벚나무와 자작나무, 감나무와 매화나무, 복숭아나무와 살구나무. 그리고 사랑하는 동백들. 나의 일상을 채워 주는 것들이 새삼 고마웠다.

뒤돌아 책방지기님의 공간인 '봄날의 서가'로 다가갔다. 목덜미에서 우직한 긍지가 흘러나오는 빨간 털모자의 책방지기님이 먼 곳에서 찾아온 나에게 고맙다며, 습작용 연필 두 자루와 메모지를 챙겨 주셨다. 그가 주는 기쁨에 세상이 다정하게 기지개를 켰다. 그의 손길은 햇살이 부서지는 봄날을 닮아 있었다. 사람과 사람 사이의 작은 선의들은 그렇게 우리를 살아가게 했다.

복도 오른편에는 다락으로 올라가는 나무계단이 있었고, 복도 끝에는 파란 벽면의 '그림책방'이 있었다. 그림책과 그래픽 노블, 그림 에세이 등이 아이들과 어른들을 향해 손짓하고 있는 공간이었다. 낡은 풍금의 누런 건반에 어린 시절 기억의 한 조각을 띄워 보았고, 그곳에는 친구, 소풍, 순수, 꿈, 사랑 이런 말들의 맛이 소환되었다. 꿈과 사랑, 열정이 있다면, 늙어도 늙지 않은 것인지도 모르겠다. '바람이 불어온다. 살아봐야겠다.'라고 '폴 발레리'가 말했던가. 불어오는 바람결만으로도 살아보고 싶었던 건, 사랑하는 일 그리고 자신을 살게 하는 일 때문이었을 것이다.

누군가를 사랑하고, 꿈을 사랑하는 일. 어쩌면 우주가 나에게 내어준 별이고, 내가 우주에 가닿을 수 있는 유일한 방법인지도 모르겠다. 그들의 주파수를 더듬거리며, 난 오늘도 꿈을 꾼다.

　해거름이 통영의 하늘에 번지고 돌아오는 나의 하늘이 통영의 하늘빛으로 물들어 갔다. '남해의 봄날'과 '봄날의 책방' 그리고 정영민 작가님, 이들 모두의 건투를 빈다. 빅토르 위고는 "인생에 있어서 최고의 행복은 우리가 사랑받고 있음을 확인하는 것"이라 했다. 초라하게 서 있던 그 시절의 나와 눈부시게 아름다웠던 그녀가 서로의 호흡을 느끼며 사랑을 주고받던 묵직한 그 시절의 추억은 내 생에 얼마 남아 있지 않은 자부심 중 하나였다. 봉수골 벚꽃 나무 아래 책방이 하나 있고, 그곳에 사람이 있네. 그리고 사랑의 추억도 있었다. 그 시절에서 데려오지 않은 추억의 향기가 바람에 실려 왔다. 펜 끝에 추억 한 줄을 걸어 두고 행복해했다.

　그 시절 나는 사랑하는 사람이 있었다.

세월은 익어 가고

안동책방 * 가일서가

세월과 세월 사이에 삶이 있고, 사람이 있었다.

   나의 시골 서재에는 오래된 감나무 한 그루가
살아가고 있다. 북향을 바라보던 그가 나는 어딘
지 모르게 서글퍼 보였지만, 그냥 좋았다. 그의 주
름지고 마른 껍질들이 묵묵히 견뎌 낸 삶을 증명
하는 듯 보였고, 그가 견뎌 낸 것과 견디고 있는
것들은 나에게는 죄다 숭고하게 다가오곤 했다.

   세월을 고스란히 품에 안은 것들은 서러워 보
였기에 사라지지 않게 기록하고 싶었다. 꾹꾹 눌
러쓴 연필 자국의 깊이만큼이나 여운은 짙게 번
져 갔다. 매서운 북풍의 차가운 손길을 차마 놓지
않던 나의 감나무는 빛이 선명해질수록, 힘겨웠
던 그의 흔적을 남기려는 듯 그림자를 짙게 드리
웠다. 열매도 잘 맺지 못했고, 예쁘지도 않았기에
동네 어르신들은 늙은 감나무를 베어 내고, 어린

밤나무나 심으라 하셨지만 난 차마 그리할 수 없었다. 상처 많은 감나무의 향이 가장 아름다웠고, 간절함과 애달픔을 담아 북향을 향하는 그의 마음이 가장 고귀해 보였기 때문이다. 세월을 고스란히 담아 시간을 견디며, 세월을 닮아 가는 것들을, 나는 사랑하지 않을 수 없었다.

세월을 닮은 책방. 햇살이 따사롭고 아름다운 날의 '가일서가'를 만나고 싶었다.

가을의 초입에서 시골의 냄새들은 분주했다. 파아란 하늘은 자그마한 손바닥을 벗어나 버렸고, 그치지 않을 듯 세상을 물들여 가던 빗방울도 땅속에 스며들어 잠이 들었다. 공기의 호흡은 투명했고, 가벼워진 대기의 흐름은 안단테의 음률로 나의 손끝에 입을 맞추었다.

가을에 나는 항상 혼자인 채로 어디를 향해야 할지를 몰라 멀뚱히 서서 서성거렸지만, 이번 가을의 향기는 분명 달랐다. 세월은 순한 바람을 불어넣고 있었다. 순한 바람의 기억을 잃어버릴세라 손에 꼭 쥐었고, 언젠가 다시 불 태풍의 시절을 마주한다 해도 기억의 조각들이 나를 견디게 할 것이었다. 순한 바람에 이끌리듯, 풀벌레 소리에 떠밀리듯, 그렇게 난 안동에 위치한 '가일서가'에 가고 있었다.

고즈넉한 가일마을에서 차 한 대 다닐 수 있는 좁은 마을 길을 뒤로하며 달리다 보면 세월과 세월 사이에서 마을의 정산 아래 우직하게 서 있는 기와지붕의 '가일서가'를 마주할 수 있다. 처음 울어 보는 듯 더듬거리는 풀벌레 소리가 주변을 맴돌고 있었지만, 시간은 멈추어 버린 듯했다. 마치 서로를 반드시 기억하겠다는 다짐이라도 하듯 우린 서로를 한참 동안 마주 본 채, 그렇게 서 있었다.

하늘은 참으로 높았고 책방의 기와지붕이 푸른 하늘을 수놓고 있었다. 마을의 안쪽에 위치해 마을을 두루 살피는 고풍스러운 '가일서가' 입구에는, '가일서가'라 쓰인 나무현판이 걸려 있고, 그 앞으로 빠알간 석류가 세 개나 열린 석류나무가 다정하게 자라고 있었다. 흙으로 쌓아 올렸지만 단정한 정문 문지방을 넘어서면 '노동재사'라는 현판이 묵직하게 손님을 맞이했다. 그 아래에는 날것의 나이테와 사람들의 손길이 만들어 낸

살짜쿵 책방러

정갈한 대청마루가 놓여 있었다. 수많은 인연과 사연들이 새겨져 있을 300년의 세월을 감히 짐작할 수 없었다.

2019년 9월 도시 생활을 접고 이곳으로 온 젊은 부부와의 인연으로 이곳은 책방으로 다시금 태어나게 되었다. 그들의 용기가 부러웠고, 그들이 가는 길에 박수와 꽃비가 흩뿌려졌기에 나뒹굴던 세월의 흔적들은 고스란히 문장의 향기가 되어 반짝거렸다.

시간이 긁어 대고, 인연들이 더듬었을 대청마루의 나뭇결에 손을 얹자, 시절에 놓여 있던 계절과 계절의 사이가 꿈틀거렸다. 언덕을 따라 내려온 바람이 대청마루 뒤편의 작은 판자문들을 지나 나의 목덜미를 간지럽혔다. 나무 창이 벌어지고, 떨어져 나간 틈 사이로 빛샘이 아름답게 맺혔다. 늙어 버렸으나 낡지 않은 '가일서가'만이 연출할 수 있는 몽환적인 풍경이었다.

정갈한 대청마루 아래에는 주인장이 부지런히 마련한 장작들이 가지런히 쌓여 있었기에 겨울의 위세에도 이곳은 움츠러들지 않을 것이다.

글의 내음과 세월의 향기를 머금은 미음자의 '가일서가' 마당에는 장작으로 불을 때는 난로가 있었고, 작가님 세 분의 담소가 하늘로 피어오르고 있었다. 아마도 그날 있었던 '작가와의 만남'이라는 행사의 여운과 여백을 나누고 있는 듯했다.

장작 타는 냄새가 투명한 가을 공기 안에서 번져 나갔고, 나는 살아가는 냄새가 이와 비슷할지도 모르겠다는 생각을 했다. 자신을 조금씩 태우며 견디면서도, 고생스러움을 누군가는 알아주리라는 작은 기대감으로 우리는 오늘 하루를 살아 내는 것인지도 모르겠다.

마당에는 할머니 집에서나 봤었던 노란 100와트 백열전구들이 하늘에 걸려 있었다. 전구는 아마 별빛과 함께 깊은 밤의 책방지기님과 책방의 시간을 보듬을 것이다.

디딤돌을 딛고 내려서서 대청마루 맞은편의 부엌으로 다가가 책방지기님에게 아메리카노를 부탁드렸다. 책을 구매하면 하얀 김이 한 줄로 피어오르는 막 우려 낸 까만 커피 한잔이 무료였다. 책을 사랑하는 책방지기님의 작은 정일 것이다. 부엌 안을 살펴보니, 잠을 청하는 것인지 사색을

하는 것인지, 분간이 되지 않는 새까만 털의 래브
라도리트리버 한 마리가 부엌 흙바닥에 조용히
엎드려 있었다.

"너무 예뻐요. 이름이 뭔가요?"
"세아예요. 나이가 들어서. 어디서 오셨어요?"
"대구에서 왔습니다. 이리도 멋진 책방을 가지고
계셔서 너무 부러워요. 저건 회원분들이 직접 쓴 책인
거지요?"
"아. 『매일의 글쓰기』요? 각자의 이야기들을 모았
지요."

각자의 이야기들, 사연들. 그랬다. 우리의 삶
하나하나가 이야기였고, 문장이었고, 글이었다.
그리고 책에 각인된 한 명 한 명의 이름에서는 빛
이 새어 나왔다.

'세아야' 하며 부르니 벌떡 일어나 부엌문을
밀고서는 밖으로 나왔다. 꼬리의 움직임이 부드
러우면서도 세찬 걸 보니 세아는 내가 마음에 드
는 모양이었다. 그를 두 팔 벌려 안아 주며, 부드

러운 털에 얼굴을 부볐고, 그는 가만히 받아 줬다. 정문으로 가서 밖을 고요히 응시하는 그의 어깨에는 강인한 침묵이 흘렀고, 세월은 그를 고요하게 어루만지고 있었다.

대청마루의 왼편에는 구들방을 서고로 만든 '삼도재'가 있었다. 책방지기님의 취향이 반영된 듯한 북 큐레이션이 여백과 여운을 남기며 '가일서가'의 품에서 빛을 내고 있었다. 그림책과 번역서, 소설과 수필, '가일서가'에서 제작한 『매일의 글쓰기, 나를 쓰다』 등 독립출판물이 단정하게 놓여 있었다. 단양의 '새한서적'처럼 책마다 책방지기님의 달필로 쓰인 메모가 붙어 있었고, 책들은 얇은 갈색 노끈으로 정성스럽게 묶여 있어, 그의 책을 향한 마음과 찾아온 손들을 위한 수고스러움을 알 수 있었다.

책을 큐레이션 하는 감각, 커피를 내리는 감각, 세상 사람 좋은 말씨, 그리고 타인과 책을 향한 마음 담은 정성. 그것들은 선물이라 써야 할 것이다.

시골 동네책방 할아버지가 되기를 꿈꾸는 나

는, 그에게서 뜻밖의 선물을 받았고, 잃어버릴세라, 가방 안 깊숙이 집어넣으며 기쁘게 모았다.

대청마루 오른편에는 글을 쓰고, 토론과 강연회도 열리는 '경독재'가 위치했다. 손때 묻은 기타가 책방의 시간을, 계절을, 그리고 세월을 클래식하게 흐르도록 하는 듯했다. 텀블러와 책 한 권을 구입해 오랜 세월을 변함없이 지켜 내고, 기다려 온 그곳을 뒤로하였다.

기억의 점멸과 생의 소멸이 어느 날 나에게도 어떠한 기척도 없이 들이닥칠 것이다. 그날이 언제가 되었든 내가 지나온 세월이, 그리고 내 앞에 놓인 나날이 흐리멍덩하게 흘러가 버리지 않도록, 그저 내 삶에 대한 작은 연민으로서, 흘러가는 시간에 밀알만 할지라도 어떤 의미들을 부여해 주어야겠다. 어느 날 갑자기 어른이 되었다고 누군가가 나에게 알려주었지만, 나 스스로가 부족하다며 애써 외면해 온 것인지도 모르겠다. 어쩌면 우리 안에 있는 세월의 흐름에서 견뎌 낸 힘과 추억들이 우리에게 어른이 될 자격을 부여해 준 것은 아닐까. 내가 걸어온 삶을, 그리고 앞으로 걸어가야 할 삶을 믿어 보려 한다. 늙어가되 낡지 않는 어른이 되기를 소망해 보았다. 공간이 시간을 품어 버렸고, 세월을 삼킨 문장들이 단아하게 그곳에 스며들었던, '가일서가'.

나는 이곳에서 공간이 시간을 품어 낼 수 있음을, 문장 앞에서 사라짐은 소멸하고 있음을 볼 수 있었다. 그렇게 사람도, 글도, 책방도 빛바랜 세월 속에서 나의 감나무처럼 선명하게 익어 갔다.

세월과 세월 사이에 삶이 있고, 사람이 있었다.

살짜쿵 책방러

그냥, 당신이 좋아서

영주책방 * 좋아서점

그냥, 당신이 좋아서 나의 봄은 시작되었다.

    화사한 여름을 지나 가장 빨리도 빠알갛게 옷을 갈아입던 서재의 매화나무는 흙 속에 발을 굳게 딛고서 침묵했다. 그의 침묵은 떨어져 내리는 잎새만큼이나 길고도 깊었다. 하지만 새순을 가장 빨리 드러내며 봄에 대한 신실함을 여지없이 드러낸 것도 매화나무였다. 매화나무는 그저 봄이 좋은 듯했고, 구름이 걷힌 봄볕의 하늘을 향해 손을 뻗었다. 매화는 수줍게 웃고 있었지만, 잘 자라 줘서 고마웠기에 나는 괜스레 코끝에 물기가 아른거렸다.

    햇살은 까아만 흙으로도 스며들었고, 따스한 그의 체온은 봄의 언저리에서 흙을 부드럽게 매만졌다. 날카로운 겨울의 한기가 모질게도 뭉쳐 놓은 흙은 다시 고슬고슬한 갈색빛 카스테라가 되어 나의 남색 장화에 장난을 쳤다. 장난기 가득한 흙을 툭툭 털어 내다가 나뭇잎이 덮고 있던 아기 민들레에 시선을 빼앗겼다. '저 여기 있어요.'라고 말하는 듯, 마알간 얼굴로 민들레는 미소 짓고 있었다. 여린 연둣빛 새순을 올린 아기 민들레는 투명하고 맑은 마음으로 봄을 추앙했다. 난 그런 민들레가 그냥 좋았다. 장미처럼 화려하지도, 해바라기처럼 웅장하지도 않았지만, 소담한 민들레가 마냥 좋아서 곳곳에 씨앗을 뿌려 두었고, 그는 모진 겨울을 견뎌 내어 주었다.

그저 좋아서 손을 내미는 여린 것들에게는 중력에 저항하며 계절을 이겨 내는 압도적인 힘이 있었다.

그랬다. 무언가를 좋아하는 일은 새순이 땅을 박차고 봄을 맞이하는 일과도 같았다. 그저 봄이 좋아서 이끌리듯 솟아나는 압도적인 힘. 씨앗으로 남아 있고 싶어도 그럴 수 없으며, 멈추려 해도 멈춰지지 않는 그 압도적인 힘은 이유 없는 좋아함을 동력으로 삼는 듯했다. 자연도, 사람도, 사물도, 좋아하는 감정에는 죄다 이유가 없었다. 그리고 우린 그걸 사랑이라 부른다.

시골 서재 주변의 밤 산책이 나는 참으로 좋았다. 밤 산책은 살아 있는 책과도 같았고, 셀 수도 없이 많은 맑은 문장을 거닐 수 있었다. 대낮의 태양을 머금은 들꽃과 잡초들은 달빛 아래에서 자신들의 비밀스러운 이야기를 바람의 노랫소리에 실어 소곤거렸고, 푸른 호수는 금빛 비늘을 입은 인어공주가 되었기에 시리도록 눈이 부셨다. 날아오르던 산새들은 깊은 밤에 사랑을 나누며 속살거렸고, 나무들의 손끝에 매달린 별빛들을 따라 구름은 흘렀다. 시골 서재 주변의 밤 산책은 황홀한 호사였고, 고요했으나 역동적이었다.

세월의 흐름인지, 문장의 힘인지, 아니면 자연의 이치인지는 알 수 없었지만, 어느 날부터 거창한 이성적 사고와 합리화의 과정으로 나를 초대하는 것보다 마음과 자연의 소리에 이끌리고 말하게 되는 나 자신이 좋았고 만족스러웠다. 아니, 행복했다고 고쳐 쓴다.

"퇴직 후에 책방이 왜 하고 싶은데?"

"그냥, 좋을 것 같아서."

"글은 왜 쓰는 건데?"

"그냥, 글 쓰는 게 좋아."

"왜 벌써부터 농사를 짓는 건데?"

"그냥, 좋아서."

친구의 질문에 나의 행동과 생각들에 어떤 거창한 의미를 입혀가며 설명할 수 없었다. 무언가를 결심하고, 실천하고 싶어지는 것은 아마도 예전에는 몰랐던 것들을 알게 되고, 보이지 않았던 것들이 보이기 때문일 것이다. 그리고 그곳에는 문장으로는 표현할 수 없는 자신에 대한 애틋함이 자리하고 있으며, 그건 그저 좋은 마음인 것이다.

우리는 그걸 존중해야 하지만 외부의 시선에 갇힌 우리는 그걸 자주 잊고 살아간다.

사랑하면 알게 되고, 알게 되면 보이나니, 그때에 보는 것은 예전과 같지 않을 것이다.

— 유홍준, 『나의 문화유산 답사기』 중

책방지기님이 상주하지 않는 무인 책방, 영주의 '좋아서점'으로 향했다. '좋아서점'의 정확한

살짜쿵 책방러

이름은 '좋아서.'였다. 좋아서의 마침표는 더 이상 바랄 것도, 이룰 것도 없는 지금의 마음을 나타내는 듯했고, 지금의 마음이 지속되리라는 확신이 서려 있었다. 학사골목이라는 시장 입구에 위치한 하얀색 벽면의 '좋아서점'은 좋아하는 마음에 내재한 순수함을 그려 놓은 듯했다.

삐죽이 날개가 솟아 하늘을 날게 될 것만 같은 입구의 낡은 나무 의자에 앉아 잠시 시장을 둘러보았다. 시장은 고된 하루에도 생기를 잃지 않은 사람들의 걸음들로 채워지고 있었고, 오늘을 살아 내고자 했던 자국들은 내일도 어김없이 자리할 것이었다. 평범하고, 여린 사람들의 순한 호흡이 그저 좋았고, 그건 내가 살아 있음을 방증해 주는 듯했다.

누군가의 좋은 이야기들로 날개가 솟아난 벤치를 지나 설렘이 스멀스멀 비집고 나오는 투명한 문을 열어 보려 했지만, 문은 굳게 잠겨 있었다. '좋아서점'은 항상 문이 열려 있었지만, 또 항상 문이 잠겨 있기도 했다. 문을 열기 위해서는 날개 달린 벤치 옆의 하얀색 우체통 안에 담긴 비밀을 간직한 번호를 확인하고, 번호를 조심스레 눌러야 했다. 평온을 주는 공간이자 치유의 공간인 자기만의 방. 그건 개방과 폐쇄가 적절하게 자리하고 있어 언제라도 세상과·연결될 수도, 자기만의 은둔을 가질 수도 있는 공간일 것이다.

여린 우리는 자기만의 공간을 목말라하였지만 못 본 척, 못 들은 척하였고, 그래서 아팠다.

비밀의 문을 열고 들어가면, 오른편 벽면이 '좋아서점'의 사용법을 알려 주고, '좋아서점'에 발을 들인 자들로부터 책을 추천받는 공간이 있었다. 책을 결제하는 방법에서부터, 책방에서 운영하는 행사 등에 대한 안내가 상세하게 적혀 있었고, 다정한 책방지기님의 연락처도 기재되어 있었다.

'지금, 당신이 좋아하는 것은?'

'좋아서점'의 하얀 벽면이 지금, 내가 좋아하는 것이 무엇인지 물었다. 시시푸스라도 되는 것처럼, 세상의 가장 버거운 짐은 내가 다 짊어진 것처럼 그렇게 마음에 속박을 걸어 두고 살던 시절이 있었다. 이별, 좌절, 슬픔. 이런 말들로 허기진 배를 채우며 무거운 발걸음을 옮겼으나, 발걸음의 끝에는 무엇 하나 온전히 채우지 못하고 텅 비어버린 내가 서글프게 서 있었다. 서럽던 그 시절은 삶을, 그리고 세상을 조악하게 바라보던 나의 시선이 그렇게 만들어 버린 것일 것이다. 내가 좋아하는 것들을 찾아 가볍고, 즐겁게 세상과 삶과 관계 맺기를 시도했다면, 어쩌면 한결 충만한 시절을 보냈을지도 모르겠다. 이제야 비로소 나는, 내가 좋아하는 것들을 찾아다니며 나를 건져 올렸다.

그곳에는 달뜬 채 웃는 내가 서 있었다.

네 안의 소리에 귀 기울여 봐.

- 헤르만 헤세, 『데미안』 중

왼편에는 나무로 된 클래식한 서가가 놓여 있었고, 책방지기님이 좋아하는 책들과 책을 사랑하는 이들이 추천한 책들이 단정하게 큐레이팅되어 있었다. 서가의 아래쪽에는 시간의 흔적을 간직한 LP판이 꽂혀 있었고, 턴테이블에 돌려 음악을 들을 수도 있었다.

돌아가는 LP판을 들여다보고 있으니, 영화 <
퐁네프의 연인들>이 불현듯 떠올랐다. 바닥에서
만난 배고픈 영혼, 미셀과 알렉스는 서로에게 이
끌리고, 서로를 미친 듯이 갈구하며 사랑한다. 그
런 그들은 삶과 존재의 이유를 다하는 듯 보였다.
끊임없이 서로의 주변을 맴돌며 좋아하는 행위를
통해 우리는 삶의 참맛을 알 수 있는 건지도 모르
겠다. 머뭇거리며 못 본 척 지나온 자리를 되돌아
보니, 그 시절 좋아했던 것들이 발등눈이 되어 아
련하게 쌓여 있었다.

'비닐봉지와 뽁뽁이를 이곳에 넣어주세요.'

책방지기님은 하얀색 벽면에 사람의 따듯한
체온을 그려 두었다. 시장의 할머니들, 그리고 비
닐을 필요로 하는 이들을 위해 비닐을 모은다는
메시지였다. 문장이 심장을 지나 감정으로 치환
되기까지는 그리 오래 걸리지 않았다. 내 안의 화
학 반응이 따듯하게 요동치며 문장의 온도를 확
인했다. 36.5°C라는 문장의 온도는 그렇게나 따듯
했다.

살짜쿵 책방러

품위 있는 서가 옆은 책방지기님의 사랑스러운 공간이었다. 책방지기님이 읽은 책들과 책을 필사할 수 있는 책상, 그리고 의자가 있었다. 책방지기님이 없기에 누구든 앉아서 좋아하는 책을 읽고 필사하며, 좋은 음악을 들을 수 있었다. 좋은 것들을 마음 가는 대로 해 봐도 좋다는 온화한 당연함이 느껴졌다. 온화한 허락을 받을 수 있는 자격을 나, 그리고 우리는 지금도 충분히 갖추고 있음에도, 미리 선을 그어 두고 살아온 것인지도 모르겠다.

이곳에서는 타인을 의식할 필요도 없었고, 재촉하는 시곗바늘도 없었다. 그저 좋은 마음과 좋은 공간이 있을 뿐이다. 책방지기님의 흔적을 느린 박자에 맞추어 더듬거려 보았고, 아름다운 흔적의 책방지기님이 사뭇 궁금했다.

사진 속 책방지기님은 둥근 미소를 하고서는 결제 방법을 안내하고 있었다. 선함이 느껴지는 그녀에게서 시트러스 향이 흐르는 듯했다. 그저 책이 좋아서 무인으로 책방을 열어 두고, 그 공간을 타인과 나누는 그녀. 그저 지금 이 순간 마음을 다하여 좋아하고, 동시에 기뻐하는 사람일 것이다. 내면의 좋아하는 것들을 용기로 끌어올려 만들어 내었기에 박제되어 가는 삶이 아닌 사랑도, 세월도, 감정도, 그녀는 깊어져만 가는 듯 보였다.

'좋아서점'의 뒤편에 위치한 '놀다가'는 독서모임 등을 하려는 이들을 위해 일정 대여료를 받고 대여해 주는 공간이었다. 좋은 사람들이 모여 보내는 좋은 시간은 먹빛이 되어 가뭇없이 사라져 버리지만은 않을 것이다.

'당신이 좋다. 그냥 좋다.'

'놀다가' 입구의 문장을 보며, 지금 내가 좋아하는 것들을 떠올려 보았다. 마늘과 감자, 호박잎과 머위잎, 감나무와 복숭아나무, 자작나무와 벚나무, 꿀을 모으는 꿀벌들과 사랑을 나누는 나비들, '달과 벗 그리고 글, 밭.' 이런 것들이 마냥 좋았고 그곳에는 언제나 꽃 한 송이가 피어올랐다.

직선으로 달린 듯했지만 매일을 휘청거리며 타인들의 날숨에 끌려다녔던 육신보다, 내가 느

살짝쿵 책방러

끼는 나의 호흡들을 이제는 믿어보고 싶다. 삶이라는 길 위에서 그저 좋아하는 것들을 조금이라도 더 호주머니에 넣고서 걸어갈 때, 우리는 조금은 더 멀리 지치지 않고서 걸어갈 수 있을 것이다.

그냥 좋아하는 걸 먹고, 그저 좋아하는 일을 하며, 이유 없이 좋은 사람을 만나는 것이 행복일진대, 이토록 간단한 일들이 왜 이리도 어렵기만 한 걸까.

책방지기님의 무언의 인사를 마음에 담고서 작별을 말하고 나오니, 시장 골목에는 어느새 옅은 봄 향기가 다시 불어와 나의 발끝에서 편지를 띄웠다.

봄의 향기가 좋아서, 나는 당신과 그저 걷고 싶었다.

나를 불러 준 시골의 봄

청도책방 * 봄날

시골의 봄은 나의 이름을 불러 주었다.

만개한 벚꽃이 늘어진 가느다란 시골길은 어릴 적 엄마의 손을 이끌어 기어코 받아 내었던 연분홍빛 솜사탕을 보는 듯했다. 모질던 겨울의 호흡을 뚫고, 봄은 결국 흐드러지게 피어났고, 찬미할 만한 햇살은 이를 축복해 주었다.

지난가을 떨어진 잎들이 대지 위를 살포시 덮어 주었고, 그렇게 낙엽 이불을 덮은 대지는 비옥하게 겨울을 견뎌 내었다. 잠에서 깨어나 이불을 밀어낸 대지는 다시 매화나무의 실뿌리에 기대어 생의 화사함을 선물해 주었다. 흩날리는 벚꽃과 충만한 목련도 자신들의 생을 곧 다시 증명해 내며, 나의 이름을 불러 줄 터였다.

시골의 봄은 개미들의 분주한 움직임만큼이나 해야 할 일이 많았다. 삶의 시작을 다시 알릴 때였다. 길었던 겨울을 잘 견뎌 준 나무들에 눈을 맞추며 안부를 물어야 했고, 겨우내 꽁꽁 얼어붙었다가 초콜릿처럼 포슬포슬하게 녹아내린 까만 흙을 섞어 주고, 덮어 주어야 했다. 작물과 나무를 지탱해 줄 거름을 흩뿌리고 있자면, 진한 냄새에 코를 쥐고 웃어볼 수도 있었다. 잘 말려 둔 살굿빛 옥수수 알갱이와 귀여운 연둣빛 싹이 봉긋 솟은 씨감자를 심으며 흥얼흥얼 노래를 불렀고, 작물들과 꽃의 씨앗들을 떨구며 영롱한 물줄기를 흘려 주었다.

　나는 오늘도 나무와 작물들, 그리고 거울에 비친 나를 알아 가고 배워 가며 나의 시간과 공간을 나누고 있다. 그렇게 내 삶의 조각들은 보석처럼 반짝거리고, 어느새 조각들은 삶의 정수(精髓)를 들려주었다. 이들을 알지 못하고, 알아보려 하지 않았을 때에는 사막의 수많은 모래알 중의 하나에 불과했지만, 그들과 내가 떨어뜨린 수많은 이야기들은 결국 사막에 피어난 장미 한 송이가 되었다. 우리는 태생적 결핍을 가진 채로 관계를 맺으며 결국 인연이라는 한 점을 향해 서로의 시선을 두었고, 그 점은 관계를 매만지는 우리 마음의 농도에 따라 결핍과 반비례하며 하나의 선이 되어 갔다.

　나는 오늘도 그 누군가와, 그리고 그 무엇인가와 관계를 맺기 위해 밭일을 하고, 시골 책방으로 달려가는 의식을 치르고 있다. 그 의식은 서로에게 어떤 의미를 부여해 주고, 나의 삶에 알 수 없는 동력이 되어 주는 것이 분명했다.

　지난여름 거센 장맛비에 달맞이꽃 하나를 잃고야 말았던 아픈 기억이 있어, 더 이상 이별하고 싶지 않은 바람으로 흙을 두둑이 쌓고 물길도 넓고 깊게 내 주었다. 무언가에게 마음을 허락하고, 내 심장에 그만큼의 구멍을 뚫어 버리는 일은 여전히 두렵다. 그러나 두려움은 사랑의 반대말에 불과하다는 믿음 또한 나에게는 유효했다.

　나의 시선이 머물렀던 서재의 밭에는 나무와 작물, 그리고 꽃이 이젠 제법 다정하게 자라고 있다. 그들의 이름을 익히고 생김새를 살펴보며, 그들이 좋아하는 것과 싫어하는 것들을 알아 가는 중이다. 그렇게 우린 서로에게 길들여지고 있다.

　그랬다. 난 그들과 관계를 맺고 있었다.

경외롭고도, 살아 있음을 느끼게 하는 생명들과의 관계는 희석되지 않은 나 자신을 사랑할 수 있게 해 주었고, 내가 살아 있음을 증명하게 했다. 흐려져 가는 빛 하나에 또 다른 빛을 더해 가듯 삶은 그렇게 흘러가며 살아지게 되는 것이었다.

우리들의 마음은 환경을 얼마나 많이 변화시키는가, 심지어 얼마나 많이 수정해 버리고 마는가. 또한 우리의 삶의 추억은 얼마나 강하게 내면으로부터 영향을 받고 있는가.

- 헤르만 헤세, 『정원 일의 즐거움』 중

나의 시골 서재가 자리한 청도는 계절마다 맑고 투명한 하늘을 선사한다. 꽃들의 천향이 복숭앗빛으로 수놓은 봄, 짙은 녹음과 깨끗한 물을 자랑하는 여름, 선명함이 형태를 압도하는 단풍과 풍요로운 주홍빛 감나무의 가을, 반짝이는 별과 하얀빛 달, 그리고 눈꽃이 머무는 겨울. 시골에서의 삶은 밥 짓는 하얀 연기를 따라 어느새 고귀한 수채화를 나에게 허락해 주었다.

아름다운 이곳 청도에는 책장이 사락사락 넘어가는 소리와 풀벌레 소리가 섞여 흐르는 '봄날'이라는 책방이 있다. 나른한 오후의 볕 내음이 살랑거리며 나를 '봄날'로 이끌었다.

파아란 수채물감을 펼쳐 놓은 봄 하늘 아래 민들레 나빌리는 시골길에 들어서자, 나의 망막은 해야 할 일을 어느새 잊어버리고 풍경을 각인시키느라 분주하게 움직였다. 하얗고 몽실몽실한 구름이 느리게 흘러가는 만큼, 책방을 향하는 나의 발걸음도 멈춰 버린 듯했다. 상큼한 복숭아나무 향기를 타고서 전화가 왔다. 풍경소리를 닮은 온화한 목소리의 책방지기님이었다.

"여기 봄날인데요. 어디쯤 오셨나요?"

"거의 다 왔는데, 방금 지나친 듯합니다. 곧 도착할 것 같습니다."

"맞구나. 방금 차 한 대가 지나쳐 가길래, 그리로 가면 안 되는데 하며 전화를 했어요. 조심히 오세요. 길이 좁아요."

수화기 사이에서 무해하고도 순한 웃음들이

태어났다. 책방지기님의 따듯한 문장들은 돌담 아래 뽀송뽀송한 이끼를 닮은 듯했다. 책방지기님과의 인연이 아무래도 오래된 의자만큼이나 편안하게 시작될 것 같았다.

'봄날'은 예약제로 운영되고 있어 책방지기님은 창밖을 바라보며, 복숭아나무 사이로 나타날 나를 기다리고 있었다. 도착하니 눈꽃 송이가 예쁘게 내려앉은 단아한 책방지기님이 정원 초입에서 서성이다 반갑게 맞이해 주었다. 미래의 시골 책방 할아버지와 현재의 시골 책방 할머니가 만나 시간의 경계가 허물어지는 순간이었다.

그녀를 닮은 책방 '봄날'은 구름발치 아래의 화사한 백목련을 떠오르게 했다. '봄날'은 하얀색 스타코플렉스의 외벽으로 잘 지어진 2층 주택이었다. 1층은 책방지기님 내외분이 거주하고, 30평 정도 되는 2층이 책방이다.

책방 '봄날'의 정원은 세상의 색깔을 모두 관통하고 있는 듯했고, 나에게 평온을 주었다. 꽃과 열매, 딱딱한 나무껍질은 언제나 정직했고, 그들의 일상은 역동적이어서 정원에서 자라는 것들과의 관계 맺기는 내가 살아 있음을 소리 없는 말로 알려주곤 했다.

　그녀의 조곤조곤한 언어들을 따라 현관 입구에 들어서면 위층으로 오르는 목재 계단을 마주한다. 정갈한 실내화를 신고 2층으로 발걸음을 옮겼다. 편백나무 향이 은은히 대기를 채웠고, 길게 늘어진 복도 양옆으로 한 명 또는 두 명, 그리고 여섯 명이 이용할 수 있는 공간들이 자리했다. 복도 끝자락에는 아름다운 서가와 책방지기님의 아담한 공간이 달그락거리며 기다렸다.

　책방지기님은 국어 교사로 일하다가 은퇴한 후 2015년에 이곳에 집을 짓고, 3년간 책방을 준비했다. 그녀에게서 느껴지는 청아한 품위가 책방에서도 느껴졌다. 그녀를 닮아 책방은 다정하고도 달큰했다.

　'봄날'은 별도의 메뉴 없이 예약한 이들을 위해 책방지기님이 취향과 정성을 담아 그때그때 만든 다과와 음료를 준비한다. 나를 위해 누군가가 자신의 시간을 내 고민을 하며 먹을거리를 만들었다는 생각만으로도 나 스스로가 소중해지는 경험이었다.

　서로가 서로에게 받아들여지도록 애쓰는 일

을 우리는 정성이라 부른다. 부부, 연인, 친구, 동료…. 수많은 인연이 맺어지고 깨어지는 것은 정성의 양과 밀도가 만들어 내는 일인지도 모르겠다. 난 누군가에게 촘촘한 정성을 얼마나 담아 보내었던가.

창 사이로 스며드는 햇살을 따라 반짝이는 먼지 입자가 안쓰러운 순간이었다.

그녀가 미리 내려 둔 깊은 쌉쌀함의 원두커피와 몽실한 바닐라 아이스크림이 소복이 올려진 크루아상, 그리고 청포도와 체리를 먹으며, 각도를 재듯 서가를 살펴보았다. 높은 층고를 자랑하는 목조 서가는 웅장했고 책을 향한 인간의 존경을 담아 낸 듯 보였다. 서가는 나를 내려다보았고, 나는 창밖으로 아름다운 들샘인 '유등연지'를 바라보았다. 사람과 책, 그리고 시골 풍경은 그렇게 지평선 위로 하나가 되어 적요한 시간과 공간을 선물해 주었다. 시골의 일상이 투명하게 내려다보이는 창은 자연과 연결해 주었고, 아늑한 가정집의 구조와 분위기는 편안함을 주었다.

서가에는 책방지기님의 취향을 반영한 『일리아스』, 『오딧세이아』 등의 고전부터, 『자기 앞의 생』,『쇼코의 미소』까지 내가 애정하는 책들이 가지런히 큐레이팅되어 있었다.

"대표님. 저랑 글 취향도 같으신 듯한데요?"
"어머. 그래요? 우리 잘 맞나 본데요."

그녀와의 대화와 웃음은 공간을 장악했고, 기쁨과 즐거움이 시간을 지배했다.

동네책방들의 공통점 중 하나가 책방지기님들의 쪽지 추천사가 정성 담아 붙여져 있다는 것이다. 대형서점과 온라인 서점에서는 볼 수 없는 책방지기님들의 생각과 마음이 담긴 짧은 편지는 책방과 종이책을 사랑하는 이들에게 폭신한 털 방석을 깔아 주는 듯했다. 작은 공간에서 만나 귀를 쫑긋 세우고, 책방지기님들과 함께 책과 삶에 대한 이야기를 나누고 있노라면, 영혼이 조금씩 확장되는 듯했고 나의 우주가 조금은 더 넓어진 듯했다. 자연과 문장, 그리고 좋은 이들의 언어에서는 공통적으로 사람을 살게 하는 든든한 그루터기가 느껴졌고, 삶을 나아가게 하는 달콤한 과실이 만져졌다.

책과 사람, 그리고 자연의 언어 사이에서 멈춘 것만 같은 시간을 지나 복도의 양옆으로 놓여진 공간들로 이끌리듯 따라갔다. 오직 한 명을 위한 공간은 아래로 늘어진 긴 창으로 은은하게 들어오는 햇살이 눈부시도록 몽환적이었고, 완두콩 색깔의 벽지는 책의 눈으로 삶을 바라볼 수 있게 했다. 두 명을 위한 공간에는 순백의 커튼이 펼쳐진 큰 창이 있어 햇살이 예쁘게도 비껴들었다. 그 누구에게도 방해받지 않고서 단아한 시골 풍경과 서로의 눈빛을 교차하며, 두 사람만의 추억 한 줄을 기록하기에 더할 나위 없을 듯했다. 여럿이 모여 독서토론과 낭독회를 할 수 있는 공간은 한지로 된 조명 불빛 아래, 밤하늘의 별빛을 바라보며, 책과 글을 사랑하는 이들이 마음을 나눌 수 있었다.

독서 모임이 이곳에서 4개 정도가 열린다 하니, '봄날'은 사람과 사람, 사람과 책을 잇는 씨앗을 가득 담은 씨오쟁이처럼 느껴졌다. 모던하면서도 아늑한 공간들은 우아했지만, 다정했다. 아마도 '봄날'의 우아함과 다정함은 책방지기님과 들풀의 향기에서 태어난 아름다움 같았다. 따스한 봄날 아래에서 아름다운 '봄날'에 곧 다시 만나자는 인사를 남기고 돌아서야 했다.

살려는 의지조차 내려놓고 싶은 날이면, 그저 나무들을 만지며 침묵을 흘렸고, 그들은 그저 괜찮다는 말 없는 말을 나의 발끝 아래로 살며시 떨구어 주었다. 시골 일을 할 때면, 나의 두 다리를 굳건하게 대지에 박고 있는 느낌, 나무와 꽃, 작물들과 어우러져 안온하게 자연의 일부로 자리한 듯한 기분, 얼마 되지 않는 흙과 그곳에서 자라나는 생명에서 비롯된 단단한 의지로 충만해졌다. 어느새 시골 서재는 그런 기분과 생각들로 내 영혼의 평화를 지키는 장소가 되었다.

식물과의 관계가 나에게 가져다준 것은 거울 속 나에 대한 사랑과 삶에 대한 견고한 의지였다. 식물은 모두 각자에게 부여받은 사명을, 혼신의 힘을 다해 이루어 내었다. 나고 지기를 한순간도 게을리하지 않았으며, 계절의 변화에 따라 끊임없이 성장하고 적응해 나갔다. 고요한 바람 소리와 윤슬만이 가득해 보이는 숲과 호수, 그리고 작물들이 바람을 타고 일렁이는 논과 밭을 가만히 들여다보면, 수많은 생명들이 순간을 위해 최선을 다하며 역동적인 삶을 살아가고 있음을 알 수 있었다. 나는 그들의 생명력과 그들이 표현하는 생동감을 발견하고, 배워 갔다. 이들과 관계를 맺으면서, 결코 행복이 멀리 있지 않음을 알게 되었고, 비대한 크기의 행복을 좇아 허공에 허우적거리지 않을 수 있었다. 나는 어느새 그들과 기적 같은 인연을 맺고서, 교감하며 살아가고 있었다. 평범해 보이는 그들의 일상은 참으로 찬란했으며, 신비로운 아름다움을 나에게 선사해 주었다.

타인과 관계를 맺는 일도 식물과의 그것과 다를 것이 없는 듯했다. 비록 예기치 못한 상실과 슬픔이 찾아오고, 기쁨과 슬픔이 부딪히며 만들어 낸 잔해가 발꿈치 아래에서 나뒹굴지라도 관계로 인해 태어났던 행복을 놓치지 않았다면, 그리고 그 관계로 조금은 더 웃고 울며 성장했다면, 인연은 언제까지나 자신 안에서 꽃으로 피어나게 될 것이다.

삶이 주는 축복의 명징한 징표는 지금 당신 곁에 있는 것들이고, 서로의 이름을 들을 수 있도록 불러 보아야 한다.

나와 당신의 인연 속에는 경상도 사투리로 정말로 꽃이 천지삐까리였다. 더 늦기 전에 꽃들의 이름을 불러 주어야겠다.

전화기를 들었다.

내가 좋아하는 사람이, 나를 좋아해 주는 건 기적이야.

- 생텍쥐페리, 『어린 왕자』 중

용감한 여전사

대구책방 * 환상문학

까만 밤을 뚫고 피어난 백목련의 하얀 꽃잎은
격렬하게 아름다웠다.

해와 달의 움직임을 따라 낮과 밤은 서로의
자리를 바꿔 앉길 반복했다. 비 내리는 그해 늦겨
울의 아침은 적막함을 길게 늘어뜨린 채, 어제에
갇힌 오늘의 그림자를 드리웠다. 마음의 육중한
갑옷만큼이나 싸늘한 쇠갑옷의 지하철이 날카로
운 굉음을 내지르며 들어왔다 멈추기를 지루하리
만큼 반복했고, 언제나 뒤를 버린 채 앞으로 달아
났다. 사람들은 숨죽여 애써 오늘을 외면했고, 힘
들여서 똑같은 내일을 살아갔다. 오늘에 갇혀 내
일의 문은 열리지 않았으나, 지하철의 문은 그저
무심하게 열리고 닫힐 뿐이었다.

끝나지 않을 것만 같은 반복되는 하루에 어느
새 길들여져 갔고, 나의 존재는 연무 속에 누워 버
린 듯 희끄무레해졌다.

그렇게 특별할 것도 없는 매일의 일상이 음표와 도돌이표를 두드리고 있었다. 그 익숙한 음률들, 그저 거리에서 스쳐 지나가는 알 수 없는 멜로디에 불과했던 것들에 나를 맡겨 두었다. 멜로디를 따라 마리오네트의 춤을 추는 것만이 평안이라 여겼고, 그곳에서의 일탈을 상상하는 것은 불안만을 낳는 것이라 나를 다독였다. 하지만 끝끝내 살아서 꿈틀거리는 것들은, 여기저기 산재한 불안뿐이었다.

반복되는 일상에 특별함을 부여하는 것은 내 삶의 지휘자인 나의 권리이자, 몫이었다. 그것을 알고 실천하기까지 꽤나 오래 방황했고, 가끔 울음을 토해 내기도 했다. 보잘것없는 어느 봄날의 일상이 사라져 버릴까 두려워, 나는 오늘도 하얀 스탠드 조명을 눌러 켜고 옅은 한 줄기 빛 아래에서 서성거렸다. 펜이 딸각거리는 소리, 책장이 넘어가며 사각거리는 소리, 초콜릿라떼에서 흘러나오는 하얀 김의 소리만으로도 충분한 밤에, 충만했던 낮의 조각들을 맞추어 가는 일은 펜을 던져 낮과 밤을 모두 건져 올리는 듯했다. 비록 흙에 얽히지 못한 나무의 뿌리들처럼 연약한 순간들이었

살짜쿵 책방러

지만, 나는 조금씩 나의 일상에 잘 익은 거름 가득한 흙을 두둑이 덮어 주고 있었다.

　나는 글을 쓰는 것이 증발해 버릴지도 모르는 시간을 투명한 비닐하우스로 데려와 맑은 물을 주고, 싹을 틔우는 일이라 여겨 왔고, 그렇게 문장을 써 내려왔다. 모든 것이 끝나 버려도 문장들은 휘발되지 않을 테니, 그곳에서 나는 아마도 영원을 살아가게 되리라 믿었다. 반복되는 일상의 흐름에서도 특별한 하루를 포착하기 위한, 소중한 순간들을 만들어 가기 위한 역류의 과정을 나는 매일 밤 치르고 있었다.

　사람들의 망막에 떠다닐 나는 어떤 모습일까. 따듯한 물은 하얀 김으로 나를 씻겨 주고, 김 서린 뽀얀 거울을 손바닥을 펴서 닦아 냈다. 그곳에는 한 사람이 존재했다. 말라 버린 얼굴이었지만, 살아 있었다. 이 사람이 나였던가. 아니 그 누군가의 얼굴인 듯했다.

　시골의 글 쓰는 책방 할아버지라는 꿈을 품고서 다가올 미래의 어느 날을 매일 상상했지만, 나는 나를 지켜 주고 또 동시에 가두어 두는 현실의 성벽을 무너뜨릴 용기가 아직 없었다. 나의 현재

를 지탱해 주는 반복되는 일상을 인정하며, 조금
이라도 특별한 것들을 문장으로 기록하고 미래를
그려 나갔다. 하지만 그런 일상들을 단호하게 거
부하고, 자신의 삶을 향하여 성문을 박차고 나가
새로운 성을 건설하는 이는 숭고해 보이기까지
했다. 그들은 어쩌면 전사라 불러야 옳을 듯했다.

전사가 살아간다는 대구 중구 교동에 위치한
'환상문학'을 향해 나는 찢어진 종이지도를 펼치
고 고장 난 나침반을 들고서 찾아갔다. 희뿌연 안
개 끝에서 만난 그는 듬직한 거인일까, 순백의 마
법사일까, 아니면 푸른빛 요정일까 상상했지만,
나는 오늘 흐드러지게 피어난 봄의 대낮에서 용
감한 여전사를 만났다.

빈티지한 붉은 램프가 책방의 현관을 밝히고
있었고, 나무로 된 벽면은 까아만 숲속에 자리한
오두막을 연상하게 했다. 모든 낮과 모든 밤에 수
많은 사람들이 오고 가는 거리였지만, 책방은 하
얀 적요 속에서 빛을 발산하고 있어 멀리서도 알
아볼 수 있었다. 두리번거리다 손끝을 내밀었고,
문이 열리며 발걸음은 나의 의지와는 상관없이

살짜쿵 책방러

책방 안으로 이끌렸다. 아니, 하얀빛과 함께 스르르 빨려 들어갔다. 여섯 평 남짓 되는 작은 공간의 모퉁이에서 얼굴 없는 목소리가 들려왔다. 그러나 목소리는 묵직한 울림이 되어 나와 공간으로 번져 갔다.

"어서오세요. 저 여기 있으니 편히 둘러보세요."

울림을 따라 마법의 돌을 사기 위해 들어온 사람처럼 비밀스레 발걸음을 옮겼다. 오른편과 정면의 어두운 갈색빛 서가가 나에게로 다가왔고, 나에게 자신이 가진 것들을 꺼내어 보여 주었다. 그곳에는 이우혁 작가님의 『퇴마록』에서부터 J. K. 롤링의 『해리 포터』 시리즈에 이르기까지 판타지소설과 추리소설, 공포소설 등이 자리해 나를 힐끗힐끗 쳐다보고 있었다. 책들은 몽환적이고, 매력적이어서 이를 큐레이팅한 책방지기님 또한 몹시도 알고 싶었다.

"대표님께서는 판타지 소설류를 좋아하시나 봐요?"

"가리지 않고 읽는데, 이런 장르 소설 책방은 없는 듯해서 선택하게 되었어요. 사람들에게 알리고 싶었어요"

"어릴 적부터 책방을 하고 싶으셨던 거예요?"

"그렇진 않고, 좀 크고 나니 책방을 하고 싶더라구요."

그녀의 마알간 얼굴빛과 차분한 눈매를 따라 이야기를 쫓아가니, 그곳에는 거인도, 마법사도, 요정도 아닌 빨간 가방 안에 꿈과 용기를 가득 담은 앳된 소녀가 빙긋이 서 있었다.

그녀는 안정적인 직장을 다니며, 일터에서 인정받는 20대를 보냈다. 남들처럼 계속 성실하게 직장 다니며 살았다면 적어도 타인의 눈에는 성공한 어른으로 분류되고 비쳤을 것이다. 그러나 그녀는 20대의 귀퉁이에서 일터가 만들어 준 견고한 성을 넘어 들판을 향해 달려 나갔고, 얼마 전 이곳에 '환상문학'이라는 마법의 성을 쌓아 올렸다. '환상', 사전적 의미로는 현실적인 기초나 가능성이 없는 헛된 생각이나 공상을 의미했으나, 그녀는 환상을 넘어 실제로 경험하지 않은 현상이나, 사물에 대하여 마음속에 그려 보는 상상을 띄워 올렸다.

결국 그녀의 두 손에는 그토록 갖고 싶었던 현재가 쥐어졌다. 수많은 상상을 하다가 수도 없이 고개를 저으며 묻어 버린 나의 상상들이 발끝에서 얼굴을 내밀었다. 가끔은 그들을 두 손안에 쥐어 보듬어 주었어야 했다.

그게 나였기 때문이다.

"저도 책방을 하고 싶은데, 대표님 용기가 부럽네요."

"퇴사할 무렵 좀 아팠어요. 치료받으면서, 죽기 전에 꼭 해보고 싶은 일을 해야겠다 생각했어요."

그녀의 반듯한 언어에 섞인 수줍은 미소가 아름다웠다. 어쩌다 마주친 이런 미소는 과장 조금 보태서 굳어 버린 마음을 요술 가루처럼 말랑말랑하게 하는 힘이 있어, 바다의 끝을 향해 항해하고 싶게 했다. 니체가 말한 '초인을 향해 날아가는 한 발의 화살'은 그녀와 같은 미소에서 시위가 당겨지는 듯했다.

누구나 자기 미래의 꿈에 계속 또 다른 꿈을 더해 나가는 적극적인 삶을 살아야 한다. 현재의 작은 성취에 만족하거나, 소소한 난관에 봉착할 때마다 다음에 이어질지 모를 장벽을 걱정하며, 미래를 향한 발걸음을 멈춰서는 안 된다.

- 프리드리히 니체, 『짜라투스트라는 이렇게 말했다』 중

나이가 들어 죽음이 가까워지거나, 또는 죽음을 선고받으면 비로소 하려는 일들. 어쩌면 이런 일들이 나의 삶을 완성시키리란 것을 알면서도, 진작 하지 못한 이유는 무엇일까. 그 일들의 대부분은 아마도 그렇게나 목매며 살았던 부와 명예, 권력. 이런 것들에 속하는 부류가 아님을 본능적으로 알고 있었다. 그래서 두려움과 욕망이 나의 시선을 발끝으로 떨어뜨렸고, 나의 삶을 건조하고도 공허하게 만들어 왔다.

시골 책방을 꿈꾸며 시골 서재에서 고랑과 이랑을 만들고, 배수로를 정비하며, 모종을 심고 나무를 전정하는 일, 그리고 책을 읽고, 글을 쓰는

일은 나의 생이 문을 닫는 그날까지도 필사적으로 부여잡고 싶은 일임을 이제는 잘 알고 있기에 지금의 나는 안간힘을 쓰며, 지켜 내고자 한다.

책방지기님의 공간 옆에는 이영도 작가의 신비스러운 노트부터 마법 지팡이를 닮은 책갈피, 빈티지한 북다트 등이 앤틱한 선반 위에 가지런히 정렬되어 있었다. 이런 아이템들을 이용하면 마법처럼 글이 써질 것만 같았다. 마법의 성을 지키는 전사에게서 받은 마법 장비들이 나의 건조한 일상에 신비로운 꽃을 피워 내길 바랐다.

4월 금요 독서 모임 일정을 따라가다 보니 마법 학교가 나지막한 언덕 위에 위치하고 있었다. 책을 배우고, 생각을 나누며, 글을 함께 쓰는 일은 마법처럼 삶을 변화시킬 것이라고 나는 확신할 수 있었다. 내가 치유받고, 나아가게 한 마법 또한 책 읽기와 글쓰기였으니 말이다.

읽고 싶었던 미하엘 엔데의 『모모』와 옥타비아 버틀러의 『킨』, 김초엽 작가의 『방금 떠나온 세계』를 낡은 배낭에 쑤셔 넣고서, 나침반을 한 손에 들고 아름다운 마법의 성을 나섰다. 뒤돌아 보니 책방지기님의 등에 은빛 날개가 수줍게 솟아 있었고, 망가진 나침반은 어느새 선명하게 한 곳을 가리키고 있었다.

꿈과 용기로 무장한 앳된 소녀 전사의 환상은 상상이 되었고, 또 다른 현실이 되었다. 사회가 그어 놓은 기준에 맞추려 우리는 정작 이 순간에만 누릴 수 있는 자신만의 기준을 지워 버리며 살아가고 있는지도 모르겠다. 타인의 욕구에 부응하려 애쓸수록 자존감은 어느새 산산조각이 난 채로 바닥을 나뒹굴었다. 난폭한 삶을 그대로 받아들이며, 오늘 하루를, 아니 매일을 연소시키듯 견뎌 왔다.

하지만 산산조각이 난 사금파리를 가만히 들여다보면, 꿈과 사랑, 용기와 우정 이런 말들을 믿으며 자신을 채워 나가던, 소년과 소녀가 그곳에서 웅크리고 앉아 우리의 손길을 기다리고 있을지도 모른다. 지금이라도 조금씩 손을 내밀어 동굴 속에 갇혀 있는 그들을 구해 보는 건 어떨까.

살짜쿵 책방러

감나무 가지 끝에 매달린 하얀 달무리가 시골 서재를 은빛으로 물들이면, 펜이 울곤 했다. 비록 별것 아닌 문장일지라도 진심을 담아 쓰면, 누군가의 여리디여린 붉은 심장 한켠을 매만져 줄 수 있지 않을까. 내가 가진 무기를 램프 아래에서 가만히 쥐어 보자 자부심이 비집고 흘러나왔다.

나와 당신들은, 처음부터 용감한 전사였다.

중요한 건 죽는 순간, 우리가 무엇을 하고 있느냐다. 다가오는 6월 16일, 나는 건설하며 죽고 싶다.

— 뮈리엘 바르베리, 『고슴도치의 우아함』 중

Epilogue

심장이 내려앉을 것만 같은 봄을,
다시 기다리며

삶은 고통스럽기도 하지만, 동시에 기쁜 일이기도 합니다.

한여름의 시골은 터무니없는 아름다움을 선사하지만 드문드문 태어나는 잡초를 제때에 뽑아내지 않으면 작물과 나무의 존립과 성장을 잠식해 나갑니다. 그리고 한순간에 눈을 씻고 다시 보아야 할 만큼 황폐해진 텃밭과 뜨락을 맞닥뜨리게 됩니다. 나무의 형태는 알아보기조차 어렵게 되고, 흙은 한 평도 안 되는 공간조차 저에게 허락하지 않습니다. 우리들의 삶도, 마음도 어쩌면 이와 닮은 듯합니다.

조금씩 자라나는 마음의 통증을 그저 못 본 척, 못 들은 척하며 제때에 살피지 않고, 솎아 주지 않으면, 어마어마하게 무성해져 어느 날 갑자기 우리 자신을 무너뜨리기 시작합니다. 기다렸

살짜쿵 책방러

다는 듯이 말입니다.

저는 이가 아플 때는 치과에 제때 찾아갔지만, 마음이 아릴 때는 그저 참아 내거나 무시해 버리곤 했습니다. 그리고 삶은 어느새 사랑니의 흔들림과는 비교조차 되지 않는 고통으로 저의 존립을 흔들고 있었습니다.

정작 가장 사랑해 주어야 할 이는 자신이라는 걸 잊어버리고, 그저 시간의 흐름에 맡겨 두었던 그 시절이 안쓰러워 보입니다. 이제서야 저는 삶과 마음을 자연과 문장들로 치유해 나가고 있습니다. 그리고 사랑을 하며, 꿈을 품고서 저만의 길을 걷게 되었습니다. 종이의 역사를 믿으며 오늘도 문을 연 수많은 동네책방을 만나고, 배워서 돌아옵니다. 저도 언젠가는 그곳에 가닿으리라는 다짐도 해봅니다.

저에겐 한 아이의 어미인 소중한 친구가 있습니다. 상실과 슬픔에서 허우적거리던 그 시절의 저에게 봄에 서서 당신 잘못이 아니라고 위로하며, '헤르만 헤세'의 『데미안』을 건네주었던 친구입니다. 그 친구에게는 아이가 있고, 아이는 희귀

병인 '레트 증후군'을 앓고 있습니다. 치료제가 없어 그저 견디는 것 외에는 할 수 있는 일이 없었던 난치병이었지만, 얼마 전 치료제가 처음으로 개발되었다고 합니다. 오랫동안 기다려 온 그 친구도, 저도 투명하게 정제된 눈물이 흘러내리는 걸보니, 기쁨의 말 없는 말도 눈물인가 봅니다. 난폭한 삶이 우리에게 조금은 더, 이런 맑은 눈물들을 양보해 주길 희망해 봅니다. 개발된 치료제가 하루빨리 우리나라에도 보급되고, 보험도 적용될 수 있기를 소망해 봅니다.

소중한 그 친구가 저를 일으켜 세웠듯, 저 또한 누군가에게 '당신 잘못이 아니야.'라는 말을 해 주고 싶어 이렇게나 장황하게 가난한 문장들을 이어 가고 있는지도 모르겠습니다. 누군가가 툴툴 털고서 일어서는 데에 먼지만 한 크기일지라도 힘이 되길 바라면서, 이 책의 판매로 인해 저에게 생겨나는 수익금은 비록 얼마 되지는 않겠지만, 전액 아픈 아이들의 긴급 의료비로 사용할 것입니다. 부디 삶이 많은 아이들에게 온전한 생을 허락해 주길 기도합니다. 그리고 저에게 또 그 누군가에게 조금이나마 평안이 스며들 수 있기를 바라 봅니다.

우리의 소중한 순간들을 포착하고, 진주처럼 귀한 일상들을 호주머니에 잘 간직하고서, 삶이 허락해 준 희망을 향해 지치지 않고 걸어갈 수 있다면 얼마나 좋을까요. 깜깜한 밤, 칠흑 같은 어두움 속에서도 백목련이 다가올 아침을, 그리고 다시 찾아올 봄을 믿고서 기다리듯 말입니다.

별것 없는 문장들로 채워진 이 책이 백목련처럼 고귀한 당신들의 일상을 회복하는 데에 밀알만큼이라도 도움이 될 수 있기를 하얀 달빛 아래에서 간절히 기도합니다. 아울러 이 책이 세상으로 나올 수 있게 해준 출판사 관계자분들과 원고를 틈틈이 읽고서, 조언을 아끼지 않은 저의 소중한 인연들에도 깊은 감사의 말씀을 전합니다. 고맙고, 또 고맙습니다.

계절의 변화는 계절과 계절의 사이에서 버텨준 여린 것들로부터 언제나 시작됨을 우리는 잘 알고 있습니다.

심장이 내려앉을 것만 같은 봄을 다시 기다려

봅니다.

여린 우리가 함께 살아 내면, 참 좋겠습니다.